MIX
Papier aus verantwor-
tungsvollen Quellen
FSC® C083411
www.fsc.org

Marija Barišić
Laura Fischer:
Was am Ende bleibt

© 2019 edition a, Wien
www.edition-a.at

Cover: Isabella Starowicz
Satz: Lucas Reisigl

Gesetzt in der Garamond
Gedruckt in Deutschland

1   2   3   4   5   —   23   22   21   20   19

ISBN 978-3-99001-328-1

MARIJA BARIŠIĆ
LAURA FISCHER

Was am Ende bleibt

Geschichten über die Liebe

edition a

Inhalt

9	Vorwort
13	Freiheit
23	Die Fernfahrerbar
33	Nähe und Distanz
40	Fuchs, du hast die Gans gestohlen
44	Rache
52	Schweigen
60	Wie unsere Tochter zu uns fand
64	Begegnung
67	Die kalte Ehe
75	Die Entscheidung
84	Vergebung
94	Der rote Gummischlauch
100	Treue
103	Von Hosen und Röcken
107	Eine zweite Chance
110	Ohnmacht
121	Das Medaillon
129	Leidenschaft
141	Der alles weiß und alles kann
149	Abgrund
159	Die zwei Söhne
162	Wollen, nicht müssen
177	Allein
180	Die Firma

Die Namen der meisten Personen, die in diesem Buch zu Wort kommen, wurden auf ihren Wunsch hin geändert. Einige wenige wollten allerdings mit ihrem Klarnamen genannt werden. Sie wurden dementsprechend markiert. Die Geschichten geben nicht den exakten Wortlaut der geführten Interviews wieder, der Inhalt der Gespräche wurde jedoch nicht verfälscht. Alle Geschehnisse, Orte und Personen, die in den Geschichten vorkommen, beruhen auf Angaben der interviewten Personen.

Vorwort

Über das Erinnern

Welche Geschichten haben Platz in diesem Buch gefunden? Welche wurden uns erzählt, an welche wurde sich erinnert? Es sind oft die dramatischen Geschichten, die traurigen, die, die ein Loch in das Leben der Erzählenden gerissen haben. Die, die bis zum Schluss nicht vergessen werden können. Es ist die Erinnerung an Kinder, Eltern, Partner und Freunde, die Erinnerung an eigene Fehler und die Fehler von anderen. Nicht alle Erinnerungen sind qualvoll, oft sind sie ein Andenken an einen Menschen, an eine Entscheidung oder an ein ganz anderes Leben.

Erinnerungen sind nie linear, nie wie eine Geschichte mit Anfang, Ende und strukturiertem Mittelteil. Manchmal verschwimmen Zahlen und Orte, Erinnerungen können nacherzählt sein, so lange, bis man sie glaubt, können verdrängt werden oder im eigenen Unterbewusstsein geschönt, um sie erträglicher zu machen. Die Gefühle, die mit diesen Erinnerungen verknüpft werden, sind dadurch aber nicht weniger wahr. Erinnerung ist immer authentisch, egal, ob sie das Erlebte eins zu eins widerspiegelt.

Erinnern funktioniert nicht über Standbilder und nicht über Fotoalben. Lebendig werden Erinnerungen in Malereien, wie in dem Buch, voll mit den Zeichnungen ihres Mannes, das eine Dame aufbewahrt. Oder über das Medaillon, das einen Herren durch sechs Jahre russische Kriegsgefangenschaft getragen hat. Das Medaillon ist der Schlüssel zu einer Erinnerungswelt, die ihm bis heute die Angst von vor 77 Jahren wieder in die Augen treibt und Tränen herausholt.

Menschen in Pflegeheimen lassen meistens vieles ihres Besitzes in ihren Wohnungen. Mit kommt nur diese Sammlung an Erinnerungen, ob sie mitmöchte oder nicht. Die Menschen, mit denen wir gesprochen haben, freuen sich, sie mit Ihnen zu teilen. Um Sie zu unterhalten, um Sie zu berühren oder um Sie zu warnen, vor Fehlern, die schon gemacht wurden, die wir deshalb nicht mehr zu machen brauchen.

Um abschließend noch einige Worte über die Liebe zu verlieren, möchte ich zwei interviewte Damen zitieren:

Die Liebe ist der Inhalt des Lebens in allen Lebenslagen.

Aber ich habe nachgedacht und bin auf viele Arten von Liebe gekommen.

– Laura Fischer

Über Lektionen

Und? Was bleibt über nach all den Gesprächen? Was hast du über die Liebe gelernt?

Die Antwort auf diese Fragen, die mir in letzter Zeit immer wieder gestellt werden, halten Sie, lieber Leser, liebe Leserin, gerade in Ihren Händen. Denn jede Geschichte, die Sie auf den folgenden Seiten dieses Buches erwartet, ist das, was für mich nach den Gesprächen übergeblieben ist und was ich nun mit großer Freude an Sie weiterreichen darf. In der Hoffnung, dass auch Sie etwas über die Liebe lernen. Und das werden Sie. Davon bin ich überzeugt.

Sie werden lernen, dass Geschichten über die Liebe immer auch Momentaufnahmen der Zeit sind, in der die Liebe erlebt und gelebt wird. Die meisten Personen, die in diesem Buch so offen und ehrlich über ihre Erfahrungen erzählen, wurden kurz vor, während oder nach dem Zweiten Weltkrieg geboren. Sie spiegeln den Zeitgeist einer Generation wider, die unter ganz anderen Umständen und Regeln groß geworden ist als meine. Das werden Sie vor allem an den Sätzen erkennen, die sich so oder so ähnlich lesen: *Das kann man sich heute ja gar nicht mehr vorstellen, aber damals...!*
Warum ist das wichtig?

Weil Geschichten über die Liebe, und das werden Sie auch lernen, nie getrennt betrachtet werden können von der Zeit, in der sie spielen. Die Zeit ist es, die die Rahmenbedingungen für Liebe festlegt: Mit ihren Vorstellungen von Richtig und Falsch, von Männern und Frauen, von Normal und Abnormal entscheidet sie letztlich darüber, wie wir lieben und von anderen geliebt werden. *»All meine*

Beziehungen sind am Unverständnis gescheitert, wie eine Frau zu sein hat und ein Mann zu behandeln ist«, hat eine Dame einmal zu mir gesagt, deren Geschichte Sie in diesem Buch noch lesen werden, und die die zweite Lektion hier mit diesem Satz ganz gut auf den Punkt bringt.

Das Dritte, was Sie lernen werden – und damit will ich Sie auch schon in die Lektüre dieses Buches eintauchen lassen – ist: dass Menschen am Ende ihres Lebens nicht nur über die Liebe sprechen, die sie erfahren haben, sondern vor allem über die, die ihnen vorenthalten wurde. Eine, die nicht da war, obwohl sie da sein hätte sollen. Am treffendsten hat das wahrscheinlich die Dame mit den meeresblauen Augen ausgedrückt, die gleich zu Beginn unseres Gespräches meinte: »*Ich habe die Liebe daran erkannt, dass sie nicht da war.*« In Fällen wie diesen kann die Frage nach dem Warum einen das ganze Leben lang begleiten und selbst am Sterbebett noch großen Schmerz auslösen.

Aber: Auch der Schmerz gehört zur Liebe und niemand, wirklich niemand, der liebt, entkommt ihm. Auch das werden Sie lernen, aber nun will ich mein Versprechen von oben einlösen und Sie wirklich eintauchen lassen: Lesen und lernen Sie am besten einfach selbst! Und haben Sie eine Freude daran.

– *Marija Barisic*

Freiheit

Hilde ist siebzig Jahre alt und hat nur noch 17 Prozent ihrer Lunge. Nach einer Stunde fällt ihr das Atmen so schwer, dass sie ihre Sauerstoffmaske wieder aufsetzen muss. Sie hat nicht Angst vorm Tod, sagt sie, sie hat Angst vorm Sterben, weil sie nicht ersticken will. Sonst denkt Hilde nicht viel an den Tod, lieber füllt sie Kreuzworträtsel aus – für die gibt es eine Lösung, für den Tod nicht.

Aufgeschrieben von: Marija Barisic

Meinen Mann habe ich mit 18 Jahren geheiratet, weil ich auf Skiurlaub fahren wollte. Natürlich klingt das absurd, es ist auch absurd. Aber damals wäre es nicht denkbar gewesen, als junge, unverheiratete Frau einfach mal die Sachen zu packen und alleine wegzufahren. Ich habe geglaubt, dass Heiraten eine Form von Freiheit ist. Dass ich dann aber in keinem flauschigen Daunenbett, sondern in einem Bett voller Dornen aufwachen könnte, darauf hat mich kein Mensch vorbereitet. Stattdessen hat man uns lieber zu stillen, gehorsamen Ehefrauen erzogen. Im Alter von drei Jahren habe ich meinen ersten Schal gestrickt. Parallel dazu wurde mir eingeredet, dass Männer kein so gutes Händchen dafür haben. Natürlich nicht, denke ich mir heute, sie haben ja auch nicht mit drei Jahren schon zu üben angefangen.

Umgekehrt wurde den Männern eingeredet, dass wir Frauen alle Dummerchen waren, um die man sich kümmern muss. Und so wur-

den wir dann auch von ihnen behandelt. Das hat schon im Kindes-
alter begonnen, als mein Bruder uns Töchtern immer vorgezogen
wurde. Nach meiner Geburt hat die Hebamme sich ja nicht einmal
getraut, meinem Vater zu sagen, dass er schon wieder eine Tochter
bekommen hat. Als wären wir Menschen zweiter Klasse, die es nur
halb so sehr verdienten, auf der Welt zu sein.

Viele Frauen, die meisten von uns, haben die von ihnen erwarte-
te Rolle sogar freiwillig angenommen: die Hausfrau als unfähiges
Dummerchen. Man konnte es ihnen gar nicht übelnehmen, die Ein-
stellungen wurden uns quasi mit der Muttermilch mitgegeben und
zu Hause vorgelebt. Dieses unterwürfige Verhalten hat sich in den
kleinsten Alltagssituationen gezeigt. Dass eine Frau zu ihrem Mann
nicht einfach sagen konnte: »Ich will jetzt rechts abbiegen und du
kommst bitte mit mir mit«, sondern sich vornehmen musste, ihn
bis zur Weggabelung in ein Gespräch zu verwickeln, damit er dann
gar nicht mitkriegen würde, dass sie gerade rechts abgebogen sind.
Das Ergebnis dieser Fremdbestimmtheit, jeder Fremdbestimmtheit
eigentlich, ist die Manipulation. Wie setzt du deinen Willen durch,
ohne zu zeigen, dass du einen hast? Du manipulierst! Einen anderen Weg gibt es nicht. Das Sprichwort: »Der Mann ist der Kopf,
die Frau der Hals« ist somit zum dümmsten und wahrsten Spruch
unserer Zeit geworden.

Selbst meine Mutter, eine ausgesprochen starke Frau, hat meinen
Vater immer als Heiligtum und Hausherren hochgehalten. Dabei
war ich immer der Meinung, dass mein Vater einen Vollklescher
hatte und meine Mutter weitaus intelligenter war. Vieles an diesem

Verhalten hatte auch mit der Angst zu tun, keinen Mann zu finden, sobald man den Vorstellungen einer anständigen Frau nicht mehr entsprach. Und was ist eine Frau schon ohne Mann? Auch so ein Schwachsinn, der uns eingeredet wurde und den ich nach meiner Scheidung immer wieder zu hören bekam.

Ich wusste nämlich, dass ich kein Dummerchen bin und habe nie verstanden, warum ich so tun sollte als ob. Meine Ehe ist an diesem Unverständnis zerbrochen und meine anderen darauffolgenden Beziehungen auch. Wie eine Frau zu sein hat und ein Mann zu behandeln ist. Nichts, was mir dahingehend beigebracht wurde, hat jemals Sinn für mich gemacht. Nach fünf Jahren Ehe wusste ich dann: Entweder ich rette jetzt meine Ehe oder mich selbst. Ich habe mich für mich entschieden.

Dabei hat mein Mann mir wirklich nichts Schlimmes angetan, zumindest für die damaligen Verhältnisse nicht. Geschlagen hat er mich nicht, nur einmal, da ist ihm die Hand ausgerutscht, nachdem ich mich geweigert hatte, mit ihm zu schlafen. Davor hatten wir noch einen großen Streit, weil er mir nicht glaubte, dass ich bei meiner Schwester zu Besuch im Krankenhaus war. Die hatte zu der Zeit eine Nierenbeckenentzündung und lag im Spital. Nach dieser Diskussion wollte er allen Ernstes noch mit mir schlafen. Ich habe ihm gesagt: »Zuerst bezeichnest du mich als Lügnerin und dann willst du Sex? Das empfinde ich jetzt ehrlich gesagt als Frechheit.« Zack! Da hat er mir auch schon eine Ohrfeige verpasst. Das war ihm zu aufmüpfig. Böse war ich ihm nicht, aushalten wollte ich es aber auch nicht. Er hat mich so behandelt, wie vermutlich hundert Millionen andere Männer ihre Frauen damals auch behandelt haben. Ich war nur eine von wenigen, die für sich beschlossen hat, einen anderen Weg zu gehen.

Als ich ihm sagte, dass ich mich scheiden lassen will, hat er sich ein Jahr lang geweigert, die Scheidungspapiere zu unterschreiben. Irgendwann hat es mir gereicht, ich habe meinen dreijährigen Sohn an der Hand gepackt und bin in eine andere Wohnung gezogen. Mein Mann wollte mir noch beim Übersiedeln helfen und hat mir nachgerufen: »In 14 Tagen bist du eh wieder bei mir, weil du bist zu blöd, um alleine zu leben!« Natürlich habe ich ihm das Gegenteil bewiesen, mir sagt man so etwas nicht zweimal.

»Du kannst doch einen Mann nicht verlassen!« Das war die Reaktion meines Vaters, als er von der Scheidung erfuhr. Ich dachte noch, dass er sich freuen würde, weil er mich die ganze Ehe über immer wieder gegen meinen Mann aufgestachelt hatte und der Meinung war, ich würde mir viel zu viel von ihm gefallen lassen. Das waren diese Diskrepanzen meiner Zeit, die ich nie verstanden habe: »Mach doch, aber wehe du machst es!«

Die Zeit nach der Scheidung war furchtbar. Nicht, weil ich meinen Mann vermisste, sondern das Geld. Die finanzielle Sicherheit. Ich arbeitete damals als Technische Zeichnerin, hatte einen kleinen Sohn, um den ich mich kümmern musste und nahm Aufputschmittel, um die Nächte durchzuarbeiten und neben meiner offiziellen Arbeit zusätzliches Geld zu verdienen. Eine Zeit lang hatte ich zwei Jobs gleichzeitig. Irgendwann konnte ich nicht mehr und brach vor meiner Arbeitskollegin in Tränen aus. Sie schleppte mich zu einem Psycho-

logen. Ein Dreivierteljahr ging ich einmal die Woche zur Gesprächs-
therapie und kämpfte nebenbei um die Alimente für meinen Sohn.

Mit der Psychotherapie brach ich ein weiteres Tabu meiner Zeit,
was in einer Zeit voller Tabus nicht schwierig war. »Du musst deppert sein, dass du einen Psychologen brauchst!«, haben sie alle zu
mir gesagt, aber ihrer Meinung nach war ich ja auch deppert, dass
ich mich freiwillig von meinem Mann geschieden hatte, also fiel es
mir nicht schwer wegzuhören. Die Therapie war gleich nach der
Scheidung die beste Entscheidung meines Lebens: Ich sage es Ihnen, der hat mich da heil herausgeholt, dieser Psychologe. Zu allen
Menschen, die heute überlegen, ob sie eine Therapie machen sollen
oder nicht, sage ich: im Zweifel immer ja. Es ist unglaublich, was
man da alles über sich lernt. Ohne die Therapie und meine Mutter,
die am Wochenende immer auf meinen Sohn aufgepasst hat, wäre
damals gar nichts gegangen.

Die Alimente habe ich mir dann mühsam mit der Hilfe eines Freundes, der Rechtsanwalt war, erstritten, weil mein Mann, gekränkt in
seinem Stolz, sich wochenlang weigerte zu zahlen. Letztlich musste er sogar noch mehr Alimente zahlen, als wir ursprünglich vereinbart hatten, weil er leider, leider zu viel verdient hat. Natürlich
habe ich ihm das gegönnt! Dieses Neidigsein seinem eigenen Kind
gegenüber habe ich ihm nicht so leicht verziehen.

Nach dem Scheidungsdrama schaffte ich mir ein kleines Auto an
und lernte, nur das zu kaufen, was ich wirklich brauchte. Mit diesen Rabattgutscheinen hätten Sie mich quer durch die Stadt jagen

können, die haben mich nicht interessiert, wir hatten ja alles, was wir brauchten. Jahre später sagte mein Sohn, mittlerweile ein erwachsener Mann, zu mir: »Mama, du bist der einzige Mensch, den ich kenne, der sparen kann, ohne zu sparen.«

Ihn lieferte ich am Wochenende und in den Ferien immer bei meiner Mutter im niederösterreichischen Wieselburg ab, was mir Zeit und Raum zum Atmen verschaffte. So konnte ich dann nachts durch die Innenstadt ziehen, das Leben und meine wiedererlangte Freiheit genießen. Ich war ja noch jung, hatte eine recht gute Figur und war auch wirklich nicht hässlich. Nach meinem Mann hatte ich noch mehrere andere Beziehungen, die aber nicht länger als drei Jahre dauerten. Damals alleinerziehend zu sein, war nicht nur aus finanzieller Sicht schwierig, sondern vor allem auch, was andere Männer betraf. Wir unverheirateten Alleinzieherinnen wurden ja wie Freiwild behandelt. Einmal, ich kann mich noch gut erinnern, hat ein Mann zu mir gesagt: »Du bist ja jetzt frei, du kannst ja zu mir sagen.« Ich habe mich damals nur umgedreht und gemeint: »Stell dir vor, ich bin sogar so frei, dass ich nein sagen kann.« Die dachten, wir wären offen für jeglichen Sex, nur weil wir zu Hause niemanden hatten, der auf uns wartete.

Zweimal ging das sogar so weit, dass ich auf der Straße überfallen wurde. Beim ersten Mal habe ich nur meinen Hut verloren, sonst bin ich glimpflich davongekommen. Der andere Mann wollte in meine Wohnung einbrechen, hat es aber Gott sei Dank nicht geschafft, weil ich mich rechtzeitig aus seinen Armen befreien und flüchten konnte. Der hätte mich sonst sicher vergewaltigt. Und wissen Sie, was mein

Vater dazu gesagt hat? »Was hast du denn um neun am Abend alleine auf der Straße gemacht?« Das war sein Kommentar dazu, dass seine Tochter fast vergewaltigt worden wäre. Und er war damals nicht der Einzige mit dieser Meinung. Die Schuld wurde immer bei uns Frauen gesucht, das hat eine ganz lange Tradition. Einen Partner zu finden, der einen auf Augenhöhe behandelt hat, war alles andere als leicht. Und doch habe ich es immer irgendwie geschafft.

Einen, den wollte ich vor dreißig Jahren unbedingt heiraten, habe ich im Cats kennengelernt, ein Lokal im ersten Wiener Gemeindebezirk. Ich hatte gerade einen hitzigen Streit mit dem Barkeeper am Laufen, als der besagte Mann sich einmischte, Herbert ist sein Name. Meine Güte, keine Ahnung mehr, worum es da ging. Wahrscheinlich um Frauen und die Hierarchie. Wie so oft konnte ich meinen Mund nicht halten und Herbert hatte damals Angst, dass ich eine aufgelegt bekomme von diesem Riesenbarkeeper. Und so hat er mich dann zu seinem Tisch gezogen, um mich aus der Situation zu retten. Dort habe ich ihn kennengelernt und mich gleich Hals über Kopf in ihn verliebt. Fragen Sie mich nicht, wie er damals ausgesehen hat, ich bin kein Vergangenheitsmensch. Blond war er sicher nicht, das weiß ich, weil ich nie auf blonde Männer gestanden bin. Ich glaube, er hatte braune Haare, war nicht wahnsinnig viel größer als ich, aber zehn Jahre älter.

Es muss März oder April gewesen sein, der Frühling hatte gerade angefangen und Herbert war eigentlich verheiratet. Eine Zeit lang hatten wir eine Beziehung, dann wollte er sich von seiner Frau trennen und hat's nicht gemacht. Das Problem war aber nicht seine Ehe, sondern seine Beziehungsunfähigkeit. Der war einfach ein beziehungsunfähiger Mensch! Ich kann mich noch gut daran erinnern, wir sind im Auto gesessen und auf der Donaubrücke gefahren, als er mir gesagt hat, dass er sein Leben mit mir teilen möchte. Nach der Brücke hat's plötzlich geheißen, dass er sich jetzt von mir trennen muss. Ich bin ausgestiegen und musste mich erst einmal übergeben, so verletzt war ich. Irgendwann hat er sich dann wirklich von seiner Frau getrennt. Dann war zwei Monate Pause, bis er mich wieder angerufen hat und alles von vorne losgegangen ist. Dreimal habe ich dieses Spielchen mitgemacht, bis ich gesagt habe: »Herbert, nie wieder. Wir können Freunde bleiben, o.k.? Aber eine Beziehung: Nie wieder.« Davor habe ich gedacht, ich könnte ihn heilen, ihn von mir überzeugen. Die typischen Gedanken, die man als verliebter, dummer, junger Mensch halt so hat. Die Antwort auf die Frage, ob man jemanden heilen oder von sich überzeugen kann, ist übrigens Nein.

Seine Antwort auf mein Schlussmachen war: »Wenn du fünfzig bist und ich sechzig, heiraten wir.« Er hat mich dann auch wirklich gefragt, als ich fünfzig wurde, aber ich habe nur gesagt: »Herbert, du weißt ganz genau, dass du jetzt nur deswegen willst, weil du weißt, dass ich Nein sagen werde.« Das war's dann, ab diesem Zeitpunkt waren wir wirklich nur noch Freunde und hatten als solche mal mehr, mal weniger Kontakt. Er hat immer wieder angerufen, dann haben wir ein bisschen telefoniert und das war's dann auch schon. Zu dem Zeitpunkt war mir das alles schon egal, ich war ja längst wieder verliebt.

Diesmal aber so richtig, der war eigentlich meine große Liebe. Ich habe mir fest vorgenommen, heute nicht über ihn zu sprechen, das geht mir immer noch viel zu nahe. Ich habe ihn kurz nach Herbert kennengelernt, er hatte aber eine Freundin, die dann schwanger wurde und ich musste ihr den Weg freiräumen. Dreißig Jahre später sucht dieser Mann meine Nummer im Telefonbuch heraus und ruft mich an. Ohne dass auch nur ein Wort in der Zwischenzeit gefallen ist. Er meinte damals, er hätte zufällig eine Videokassette gefunden, auf der ich zu sehen bin und verspürte den starken Drang, mich anzurufen. Ich bin damals aus allen Wolken gefallen, habe mich mit ihm zum Essen getroffen, wo er meinen Kopf in seine Hände nahm und mich küsste. Nach dreißig Jahren.

Um mich war's sofort wieder geschehen und so begann eine Affäre, die fünf Jahre dauerte, ohne dass seine Frau jemals was davon erfuhr. Jeden Dienstag oder Donnerstag ist er zu mir gekommen, als sie in der Arbeit war, – sie hat viel gearbeitet –, und verbrachte fünf Stunden mit mir, danach ist er wieder nach Hause gefahren. Ich habe nie von ihm erwartet, dass er sich trennt, das kann man von einem 65-jährigen Mann nach dreißig Jahren Beziehung nicht einfordern. Ich traue mich nicht zu beurteilen, wer wen mehr geliebt hat. Einmal hat er einen Stoß Zettel vom Tisch in die Luft geworfen und laut geschrien: »Was willst du eigentlich von mir? Ich kann ohne dich nicht leben!« Aber natürlich konnte er ohne mich leben, er ist ja am Ende des Tages immer wieder zurück zu seiner Frau gegangen.

Irgendwann ist er bei mir tot umgefallen. Der Rettungsmann hat mich noch gefragt, ob ich mit ins Spital fahren will, aber natürlich habe ich Nein gesagt. Und auch zur Beerdigung bin ich nicht gekommen, das konnte ich seiner Familie, vor allem seiner Frau, nicht antun. Und so musste ich alleine trauern und mich selbst trösten. Über diesen Verlust werde ich nie hinwegkommen, wenn das heute noch wehtut, dann wird's immer wehtun.

Herbert ist in all dieser Zeit nicht von meiner Seite gewichen. Er hat immer wieder angerufen, war die letzten dreißig Jahre immer präsent. Bis heute ruft er an, dreimal am Tag, und sagt »mein Mädchen« zu mir. Dann fragt er mich, ob er das überhaupt sagen darf und, ich bin so genervt, ich sage immer nur: »Herbert, nenn mich ruhig Mädchen, aber du weißt, dass ich niemandes Mädchen bin und schon gar nicht deines.« Seit ich so schwer krank bin, kommt er mich jeden Donnerstag besuchen, jetzt hat er Angst, dass ich bald verschwinde. Das ist die Angst vor dem Tod, die jeder alte Mensch hat und ich verkörpere den Tod gerade.

Ich führe ihnen allen gerade vor, wie das Sterben geht. Ich brauch' nur die nächste Erkältung kriegen, eine Lungenentzündung und schon bin ich dahin. Mit 17 Prozent Lunge lebt es sich nicht lange. Aber wissen Sie was? Ich beschäftige mich nicht viel damit, sonst krieg' ich Depressionen und das ist mir zu langweilig. Ich bereue keinen Tag meines Lebens und auch keine Liebe, denn die ist das Wichtigste. Und zwar die Liebe zu sich selbst, weil erst dann können Sie andere lieben. An zweiter Stelle kommt die Neugierde. Ich war immer ein fürchterlich neugieriger Mensch, neugierig auf das Leben. Und so habe ich viel erlebt. Man sollte nie so starr dastehen wie ein Baum, da reicht ein Sturm und man ist gebrochen. Wenn Sie wie eine Weide sind und mit dem Sturm mitwackeln, überleben Sie das Ganze.

Die Fernfahrerbar

Alle paar Minuten unterbrechen die beiden das Gespräch, um Bekannten zuzuwinken oder sie anzulächeln, ständig kommt jemand vorbei, um sie zu grüßen. Sie wirken wie ein lebendiges geselliges Paar. »Wir haben uns hier im Heim kennengelernt«, sagen sie, dann beginnen sie zu erzählen, nacheinander, durcheinander, und lächeln sich heimlich an, wenn sie dieselbe Geschichte gleich in Erinnerung haben.

Aufgeschrieben von: Laura Fischer

»Ich hasse ihn«, sagte ich als fünf- oder sechsjähriges Mädchen zu meiner Mutter. Als ich auf jedem Hof in Niederösterreich kniete und Rüben pflanzte für Geld, das ich nie sah. Die hölzerne Sparkasse, die er mir schenkte, blieb immer leer, oft nahm mein Vater mich noch mit in die Bar und ich musste zwischen den Beinen der Kartenspieler umherkriechen und das Kleingeld aufsammeln. Meistens sah er danach noch selbst nach, ob ich nicht etwas vergessen hatte. »Ich hasse ihn, wenn er bei der Tür reinkommt«, sagte ich mir, als ich vor meiner Mutter knien musste. »Hure«, sagte ich, so, wie er es mir befahl, dabei war sie keine, bei Gott nicht. Danach haben wir beide geheult, meine Mutter und ich. »Er soll bei lebendigem Leib krepieren«, sagte ich mir, und sagte ich meiner Mutter, als er die Hundepeitsche holte, ich dachte es mir, als er mich würgte, und dann dachte ich gar nichts mehr, dann war ich bewusstlos.

Das erste Mal geraucht habe ich als kleiner Bub mit sechs. Mein Freund aus der Schule ging damals immer zu den Russen, betteln. Ich bin 1945 geboren, kurz bevor die russische Besatzung begann. Einmal nahm mich der Freund mit. Einer der Russen gab mir eine Selbstgedrehte, das war nur Tabak in Zeitungspapier gewickelt. Manchmal bin ich mit dem Freund ins Russenlager gegangen, Kirschen klauen, und Marillen. Wenn sie uns gesehen haben, haben sie uns sofort weggejagt. Einmal habe ich den Stacheldraht oben am Zaun in die Augen gekriegt, geblieben ist mir aber nur eine kleine Narbe. Sonst ist nie etwas passiert.

In meinem Leben war ich oft Kellnerin. In Wirtschaften, Nachtlokalen, Cafés, überall, wo gerade eine Hand gebraucht wurde. Mit 16 war das noch in der Bar zu Hause in St. Pölten.

Ich sah sofort, wie er mich ansah, es war dieser männliche Blick, den ich mit 16 schon lange kannte. Er blieb bis nach meiner Schicht und fragte mich dann, ob er mich nach Hause begleiten durfte. Ich sagte ja. Wir gingen aus dem Lokal raus, die dunkle Straße entlang, und irgendwann legte er mir die Hand auf den Rücken. Ich kannte das schon, aber dann blieb er plötzlich stehen. Vorsichtig tastete er meinen Rücken entlang. Leise, fast zögerlich fragte er: »Darf ich mir das anschauen? Ich bin Arzt«, fügte er hinzu.

Ich hob die dünne Bluse an und er fuhr mir prüfend über den Rücken, über die Male, wo die Peitsche mir die Haut mitgenommen hatte. Er würde die Narben schleifen, sagte er. »Aber das kannst du dir nicht leisten.« Wer Schulden hat, muss sie abarbeiten, das wusste ich. »Bis du das abgebaut hast, bleiben wir zusammen«, sagte er. »Aber ich verspreche dir, ich rühr' dich nicht an.«

Regelmäßig kam ich von da an verheult in die Arbeit, das Narbenschleifen tat so höllisch weh, aber gesagt habe ich nie etwas. Im Gegenzug habe ich gekocht, geputzt, den Garten gemacht, seine ganze Wohnung. Er hielt sein Versprechen, er rührte mich nie an, nie, nicht mal einen Kuss. Als die Narben fast weg waren, gab er mir noch eine Salbe mit, die durfte ich umsonst haben. »Die schenk ich dir«, sagte er, »weil mitgemacht hast du genug.«

Ich war siebzehn, als ich sie vom Nachtlokal nach Hause begleitete, obwohl sie nicht mit mir tanzen wollte. »Mit dir hab ich ja schon getanzt«, hat sie gesagt und den blonden Kopf geschüttelt, dabei war das mein älterer Bruder, der mir so ähnlich sah. Sie war gelernte Greißlerin[1], und von da an begleitete ich sie immer von der Arbeit nach Hause. Irgendwann traute ich mich zu fragen: »Gehst du mit mir ins Kino?« Aber sie meinte: »Da musst du meinen Vater fragen.«

Also ging ich hinauf und fragte. »Aber du musst sie so heimbringen, wie sie ist, und nicht irgendwie, weißt eh, einen Blödsinn machen«, sagte er zu mir. Und das habe ich auch nicht. Um elf war das Kino aus und pünktlich um zwölf war sie wieder zu Hause. Dann durfte ich mit ihr ins Kino gehen, wann ich wollte, oder ins Kaffeehaus, ihr einen Kaffee bestellen oder ein Stück Torte, wenn sie eines wollte. Und jeden Abend brachte ich sie wieder nach Hause, so wie sie war, ohne einen Blödsinn zu machen. So lange, bis ich drei Jahre später wieder zum Vater hinaufging. Diesmal aber, um um ihre Hand zu fragen.

---

1   Österreichischer Dialekt für Lebensmittelhändlerin

Ich war siebzehn, als meine Mutter mich ansah, von oben bis unten, und dann nochmal meinen Bauch. Es war schon zu sehen, ich konnte schon die Hand darum legen. »Bei aller Liebe«, sagte meine Mutter, »aber du kannst daheim nicht bleiben.« Wegen der Nachbarn war es, was sollten die Nachbarn denken, ledig, siebzehn, schwanger? Dabei hätte das so gar nicht kommen sollen, ich wollte ja heiraten, wir wollten ja. Aber das Jugendamt wollte nicht. Weil ich minderjährig war, musste ich beim Gericht eine Erlaubnis einholen, aber einen Kriminellen, der sich immer prügelte, einen Vorbestraften wollten sie mich nicht heiraten lassen. Also fuhr ich nach Wien. Wien ist groß. Und die Nachbarn? Meine Mutter sagte ihnen, ich hätte einen Tumor im Bauch.

In Wien lebte ich unter der Reichsbrücke. Netter als die Nachbarn waren die Leute dort allemal. Ich war im Zelt mit zwei Frauen, beide hatten lange graue Haare, die eine war ein bisschen dicker, die andere ein bisschen dünner, aber von der Art her waren sie wie Zwillingsschwestern. Was die eine gemacht hat, hat die andere auch gemacht. Untertags gingen sie zusammen mit den anderen betteln, das waren sicher dreißig Männer oder noch mehr. Am Abend kamen sie zurück, an guten Tagen mit Taschen voller Einkäufe, und machten den Ofen an. Um den standen wir dann und aßen, an schlechten Tagen war das ein Igel, der gebraten wurde, an guten konnten das sogar Tortenstücke sein. Ich war ja schwanger, da hat man schon mal einen Gusto. Aber ich bekam immer, was ich wollte. Bestellte ich mir eine Biskottentorte, dann kam eine Biskottentorte. Nicht immer sofort, sie mussten ja zuerst ausspitzeln, wo nicht so genau aufgepasst wurde, wo so eine Torte schon mal mitgehen konnte, ohne zu zahlen. Aber dann kam sie immer, die Biskottentorte für mich. Und abends, wenn das Feuer gemacht wurde, konnte ich mich im Warmen waschen, und sie passten auf, dass mir keiner was antat. Kein Einziger hat mich je berührt.

Als ich sieben Monate schwanger war, kam wieder einmal die Polizei. Wir rannten in alle Himmelsrichtungen, so wie immer. Aber im siebten Monat, wo rennt man da noch groß hin? Sie erwischten mich und steckten mich ins Heim. Die zwei Frauen sah ich nie wieder, die anderen auch nicht. Sie wollten ja nichts mit den Behörden zu tun haben. Und dann, nach neun Monaten, kam ich ins Krankenhaus. Nicht lange nach mir war auch schon die Jugendfürsorge da, und das Kind war auch weg.

Mein Vater hat Autos verkauft, manchmal war er auch als Fahrer unterwegs. Schon als Jugendlicher half ich ihm dabei, meistens dann, wenn er Kohle ausfahren musste. Zusammen warfen wir uns die großen Kohlesäcke über die Schulter, machten sie vorne auf und kippten alles in die Kohlenkiste. Gefahren bin ich also immer schon.

Ich fing meine Ausbildung bei einem Automechaniker an, weil ich schon fahren konnte, ließ er mich sofort ohne Führerschein ans Steuer. Mit dem neuen Amerikaner, dem Chevrolet, fuhren wir zusammen auf die Autobahn. »Ist das schon alles?«, sagte mein Chef zu meinem Hunderter. »Komm, steig drauf!« Und ich beschleunigte auf 150. Als ich jung war, fuhr ich oft Rallyes im Wald, mit 18 durfte ich dann endlich den Führerschein machen. So bin ich Fernfahrer geworden.

Kinder hatte ich viele im Leben, und Männer noch mehr. Mein erster Mann war drogensüchtig, der hat den Putz von den Wänden gekratzt, wenn er nichts bekommen hat. Der zweite war Alkoholiker.

Mein erstes Kind nahm mir die Jugendfürsorge weg, das zweite die Schwiegermutter. Beim dritten Kind stand die Frau von der Fürsorge wieder über dem Krankenhausbett. »Wenn du unterschreibst, dass du ihn weggibst, dann gibt dir der Arzt eine Spritze, damit es schneller geht.« Wissen Sie, wie sich eine Steißgeburt anfühlt? Jedenfalls habe ich unterschrieben. Erst über fünfzig Jahre später sah ich das Kind wieder, als es mir, Andi getauft und mittlerweile erwachsen, einen Brief schrieb. Dieser Andi ließ nämlich nachforschen, wer seine leibliche Mutter war. Er will sich mit mir treffen, am Westbahnhof, schrieb er. Ich stand beim Ausgang oben, dann kam plötzlich ein Mann auf mich zu, der sah ein bisschen mir ähnlich und ein bisschen seinem Vater. »Ich bin der Andi«, sagte er.

Und ich darauf: »Ich bin dei Mutti.«

Wir umarmten uns und ich konnte nur noch weinen. Zusammen gingen wir essen und redeten und redeten, am meisten über seinen Vater.

Behalten habe ich nur das vierte Kind, meine Tochter Monika. Eigentlich wollte ich sie abtreiben, wollte ich auch bei den Kindern davor, aber im Spital wiesen sie mich immer wieder ab. »Sie müssen erst viele gesunde Kinder auf die Welt bringen, dann können wir eine Abtreibung machen«, sagte der Arzt zu mir. Ich nahm zwar die Pille, aber nach einem Jahr musste man damals noch aussetzen. Kaum hatte ich die Pille abgesetzt, war ich wieder schwanger.

Monikas Vater war auch Alkoholiker. Er wollte mich heiraten, aber ich sagte: »Zeig mir erst einmal, dass du ohne Flasche auskommst. Ich bin doch keine Wäscherin für einen Besoffenen, und schon gar nicht für einen, der zwei Packerl Zigaretten am Tag braucht. Die Flasche oder wir«, sagte ich, als Monika sechs war. Er wählte die Flasche.

Sechs Jahre später stand ich gerade in der Küche, als es wieder an der Tür läutete. Schnell wischte ich mir die Hände am Geschirrtuch ab und ging zur Tür. Verdammt. Mal wieder stand ein Polizist davor, diesmal hatte er meine Tochter am Ellbogen nach Hause gebracht. »Wir haben Ihre Tochter beim Stehlen erwischt«, sagte er und ließ sie los. Ich nahm sie am Handgelenk und zerrte sie bei der Tür herein. »Sie können Ihre Tochter nicht erziehen. Das ist ein Fall fürs Jugendamt.« Ich grinste ihn an. Monika war kein einfaches Kind. Mit elf hatten sie sie mir aus dem Puff gebracht, sie wollte sehen, warum dort so viele Lichter waren. Aber ein kluges Kind. »Sie können mir die Monika wegnehmen, ich kann Sie ja doch nicht aufhalten. Aber dann lass ich ganz Wien abbrennen.« Ich konnte sehen, wie ihn das aufregte, er plusterte sich gleich auf noch fünf Zentimeter mehr auf. »Das ist eine gefährliche Drohung, Madame, ich zeig' Sie an dafür.« Ich lachte, ich glaube, ich habe ihn ausgelacht. »Wieso? Ich hab Ihnen ja nicht persönlich gesagt, dass ich Sie abbrenn'.« Damit machte ich die Tür zu, riss Monika am Handgelenk herum, und holte sie mit drei, vier Schlägen wieder in die Realität zurück. Aber immer nur auf den Hintern, nie ins Gesicht.

Mit meinem LKW war ich in ganz Europa. Moskau, Sibirien, Frankreich, England. Aber Sibirien war am schlimmsten. In Moskau kaufte ich mir zwei Waffen und fuhr los. Minus siebzig Grad und ich hatte nur einen Arbeitsmantel. Im Wagen ging es, da hatte ich eine Heizung, aber manchmal musste ich raus und einen Reifen wechseln. Aber da biss ich einfach die Zähne zusammen, zog den Mantel aus, um die Arme bewegen zu können, wechselte den Reifen und weiter ging es. Einmal geriet ich in eine Schneeweh, die war so hoch, dass ich den Las-

ter oben mit der Plane abdecken konnte. Zum Glück hatten sie mir an der Grenze eine Nummer gegeben, für den Notfall. Am anderen Ende der Leitung war eine Kaserne. »Zwei Panzer bitte, ich stecke fest.« Zum Glück sprach einer von ihnen ein bisschen Deutsch, geschickt hat er mir aber trotzdem nur einen. Der zweite kam dann später, als sie merkten, mit einem kriegen sie mich nicht raus. Am schlimmsten waren aber die Eisbären. Ich erinnere mich noch, wie ich mal zwei auf der Straße sah. Um sie nicht anzufahren, blieb ich stehen. Ich schaue den Eisbären an, der Eisbär schaut mich an, auf einmal steht er auf und kommt auf mich zu. Plötzlich haut er mit der Pranke die Scheibe ein, reißt die Tür am Rahmen auf und langt mit der Tatze zu mir herein. Zum Glück hatte ich das Gewehr. Bumm, erschossen, und den zweiten mit dazu, als er seinem Kumpel zu Hilfe kam. Beim nächsten Telefon rief ich meine Frau an. »Glück gehabt«, sagte sie.

So sah ich die ganze Welt. In England schaute ich mir die Tower Bridge an, in Frankreich den Eiffelturm – und egal wo ich war, immer rief ich meine Frau an. Am Anfang, bevor ich Fernfahrer wurde und oft für ein ganzes Jahr weg war, sprachen wir darüber. »Willst du mich trotzdem?«, fragte ich. »Und kannst du damit leben?« Selbst wenn ich in Wien war, sah ich nicht meine Frau am öftesten, sondern die Zollbeamten. Bei jedem Zollpunkt musste man mit ihnen trinken, sonst verzollten sie nicht. Glauben Sie mir, da habe ich mit dem Trinken angefangen, aber so richtig. Eine Flasche Wodka allein, ohne irgendwas. Danach ging ich aber ins Hotel und schlief mich zwei, drei Tage aus. Dann erst teilte ich die Waren auf die Greißler auf, bevor ich zu meiner blonden Greißlerin nach Hause kam. Aber sie wollte mich trotzdem. Von überall her rief ich sie an und schrieb ihr eine Karte, egal wie teuer das war. »Ich bin gerade in Moskau, mir geht's gut,

ich liebe dich. Ich bin in Paris, alles ist gut gelaufen, ich liebe dich.«
In Frankreich waren die nettesten Leute. Aber auch die schlimmsten
Mädchen, die sind einem sofort über den Weg gelaufen. Ich habe aber
nie eine angefasst. Ich war immer treu.

Meinen dritten Ehemann lernte ich kennen, da war Monika acht
Jahre alt. Er hat sie kaum miterzogen. »Es ist dein Kind«, sagte er
immer, meine Tochter akzeptierte ihn auch nie als Stiefvater. Er war
18 Jahre älter als ich, gegen Ende wurde er blind und fast taub, aber
er war ein Engel. Er hätte alles für mich getan. Reich wurde ich aber
auch mit ihm nicht.

Ich habe mein ganzes Leben gearbeitet, entweder in Wien oder
in St. Pölten. In Wien habe ich in einer Gärtnerei angefangen, jeden
Abend die Paradeiser zu gießen, hat mir gefallen. Wenn ich in St.
Pölten war, habe ich meistens wieder gekellnert. Eine Zeit lang war
ich dort in einem Nachtlokal. Nicht in so einem mit nackten Frau-
en, einem normalen. Das hätte gar nicht funktioniert, die Polizei
war ja ständig da, um nach dem Rechten zu sehen. Unser Lokal wurde in der Früh oft von Fernfahrern besucht, die sich ihr Frühstück
holten und dann weiterfuhren. Er war einer davon.

Sie erinnerte sich nicht gleich an mich, aber ich wusste sofort, das war
die Kellnerin von damals. Ich hätte schon damals gewollt, aber das
hätte ich nie gemacht, ich war ja verheiratet. Ins Heim kam ich, als ich
schon längst verwitwet war. Wie hoch ist die Wahrscheinlichkeit, dass
wir uns wieder treffen, und das auch noch in einem Heim in Wien, wo
sie doch aus St. Pölten kommt?

Nachdem seine Frau gestorben war, hatte er kurz eine Freundin hier im Heim. Die war aber dement, die hat nichts geredet, nur gelacht und verkehrte Antworten gegeben. Aber als wir uns kennenlernten, entschied er sich sofort für mich. Er ist meinem dritten Mann ähnlich, beim Handkuss zum Beispiel oder bei den Küsschen auf die Wange. Heiraten werden wir nicht, sonst verliere ich meine Witwenpension. Aber in zwei Monaten ist die Verlobungsfeier.

Nähe und Distanz

Alexander W. (nicht anonymisiert) ist 83 Jahre alt und hat eine tiefe, raue Stimme. Er klingt wie ein Mensch, der sein Leben am Theater auf der Bühne verbracht hat und das hat er auch. Allerdings nicht auf, sondern hinter der Bühne, als Dramaturg. Seit drei Monaten liegt er im Diakonie-Hospiz Lichtenberg in Berlin und kann nicht alleine aufstehen, weil eine Metastase auf zwei Wirbel seines Rückgrats drückt und seinen Unterkörper lähmt. Auf dem Fensterbrett steht ein Bild von seiner Frau.

Aufgeschrieben von: Marija Barišic

Als ich sie das erste Mal sah, hat sie aus Wut getanzt. Wobei, ganz so stimmt das nicht. Das erste Mal hatte ich sie eigentlich schon zehn Jahre vorher gesehen. Mit meinen 33 Jahren war ich damals der jüngste Dramaturg am Deutschen Theater in Berlin und der Leiter des neu gegründeten Jugendklubs, in dem sie mir auch das erste Mal über den Weg lief. Ihr Name war Blanche, sie war erst 17 Jahre alt, deutlich jünger als ich, ein wunderschönes Mädchen.

Ich selbst war zu dem Zeitpunkt eigentlich verheiratet und hatte mit meiner Frau zwei Kinder, eine Tochter und einen Sohn. An eine andere Beziehung wollte ich nicht einmal denken, aber ich hatte mich wohl in Blanche verliebt. Immer, wenn ich sie im Jugendclub sah, versuchte ich gleichgültig zu wirken, doch irgendwann beschloss ich, einen harmlosen Annäherungsversuch zu starten: Ich lud sie zu den Proben des Stückes »Prinz Friedrich von Homburg« ein, wor-

33

an sich leicht ein Gespräch über den armen Kleist und unglückliche Liebe anknüpfen ließ. Inzwischen waren einige Jahre verstrichen, Blanche war schon verheiratet und hatte, so wie ich, zwei Kinder. Die Umstände waren noch nicht auf unserer Seite, erst zwei Jahre später, 1977, würden sie das sein.

Diesmal war ich 41 Jahre alt, zweimal geschieden und mit einer Schauspielerin verabredet, auf die ich damals ein Auge geworfen hatte. Zusammen schauten wir uns eine Premiere am Deutschen Theater an, anschließend war die Premierenfeier im Foyer geplant, zu der sie mich aber nicht mehr begleiten konnte, da sie noch zu einem nächtlichen Rundfunktermin musste. Ich begleitete sie höflicherweise noch bis zum Bahnhof Friedrichstraße, das Theater liegt ja nicht weit davon entfernt, und wollte im Anschluss eigentlich nach Hause fahren. Aber dann dachte ich mir: Ne! Also lass dir jetzt bloß nicht diese Premierenfeier entgehen wegen so einem blöden Zufall! So bin ich wieder zurück ins Theater, den ersten Stock hinauf, durch die Tür zum vollgestopften Foyer, wo die Leute schon wild tanzten, als mir plötzlich ein Schuh in hohem Bogen direkt vor die Füße flog.

Das, ich sage es Ihnen, war ein Erlebnis wie aus einem Märchen. Ich blickte ein paar Schritte nach vorne und sah sie, Blanche, wie sie mit einem jüngeren Mann und nur einem Schuh am Fuß Boogie-Woogie tanzte, wobei Tanzen hier der falsche Ausdruck wäre. Sie hat so richtig getobt. Später stellte sich heraus, dass sie an diesem Abend eigentlich in finsterer Stimmung war: „Ich habe aus Wut getanzt", sagt sie, wenn wir heute darüber sprechen, „und irgendwann hast noch du mich angequatscht, mehr weiß ich nicht mehr". Sie war seit einem halben Jahr geschieden und außer sich, da sie erfahren hatte, dass sie gerade hier, am Deutschen Theater, eine versprochene Gastrolle doch nicht bekommen würde.

Der Schuh war natürlich die perfekte Gelegenheit zu ihr zu gehen, sie anschließend zum Tanz aufzufordern, um dann anschließend zu fragen, ob sie denn nicht ein Glas Wein mit mir trinken möchte. Und das wiederum war die perfekte Gelegenheit zu sagen, dass es so schade wäre jetzt schon nach Hause zu gehen, nach so einem schönen Gespräch, dass ich zu Hause sehr schöne Platten von Franz Schubert habe, die wir uns anhören könnten. Im Gespräch hatte ich nämlich herausgefunden, dass sie erstens äußerst musikliebend und zweitens ein großer Fan von Franz Schubert war. Ich hatte zufälligerweise mehrere Platten von Schubert zu Hause und so verbrachten wir schließlich eine ganze Nacht mit seiner Musik in meiner kleinen Wohnung. Ich kann mich sogar noch ganz genau daran erinnern, was wir gehört haben: die Klaviertrios, gespielt vom tschechischen Suk-Trio, eine wirklich wunderschöne Platte. Wir haben sie immer etwas zweideutig Vögelchen-Platte genannt, weil eine grüne Wiese mit einem Vogel im Käfig auf ihr abgebildet war. Ich glaube wir haben den halben Abend geweint, so gerührt waren wir von uns und der Musik, die wir hörten.

Irgendwie haben wir sofort eine Verbindung gespürt. Ich habe diese Verbindung an einem Gedanken erkannt, den viele andere Menschen auch haben, wenn sie der richtigen Person über den Weg laufen: Die würde ich jetzt gerne meiner Mutter vorstellen. Es war dieses Gefühl, das einem sagt, irgendwie passt die in die Familie, vom Gesicht her. Meine Mutter war natürlich nicht so schön wie sie, aber Blanche war ja auch Schauspielerin. Auf dem Foto, das hier auf meinem Fensterbrett liegt, war sie gerade einmal 25 Jahre alt. Es wurde geschossen, als sie im Film Jakob der Lügner die Rolle der jungen Jüdin Rosa Frankfurter spielte und war eigentlich eine Filmpostkarte, die damals von allen Hauptdarstellern in Riesenauflagen gedruckt wurde. Der Film wurde nämlich für den Oscar nominiert, man hoffte damals, dass der Oscar jetzt endlich auch in die DDR kommen würde. Leider hat es aber nicht geklappt, obwohl der großartige Film es definitiv verdient hätte.

Heute, 46 Jahre später, ist Blanche fast 70 Jahre alt und immer noch schön. Ich finde sie tatsächlich immer noch genauso schön wie damals. Dabei ist das eine besondere Schönheit, die ich meine, denn seitdem ich sie kenne, schminkt sie sich überhaupt nicht. Für mich drückt sich darin aus, wie absolut ehrlich sie ist. Und mutig. Die ist viel mutiger, als ich es jemals war, auch im Herangehen an Menschen. Sie hätten sie sehen sollen, als wir zum ersten Mal in das Hospiz hereinkamen: Nach zwei Tagen hatte man den Eindruck, dass sie die Oberschwester hier ist. Das liegt bestimmt an ihrem Beruf als Dozentin und Regisseurin, aber auch daran, dass sie schon sehr lange mit jungen, klugen Menschen zusammenarbeitet.

Irgendwann hat sie nämlich Abschied vom Theater genommen und begann stattdessen an der Universität Witten-Herdecke zu unterrichten. Dort hat sie aus eigenen Kräften eine Studentenbühne aufgebaut und jedes Jahr ein Stück inszeniert, aber nicht irgendeines, sondern immer Klassiker von Shakespeare oder Brecht. Sie im Umgang mit ihren Studenten zu sehen ist sagenhaft, das ist wirklich ein Erlebnis. Bei ihr kann man gut beobachten, dass dort, wo gut gelehrt, wo mit Liebe gelehrt wird, auf der anderen Seite viel Begeisterung entstehen kann. Die Studentenbühne hat sie in einer für uns sehr schweren Zeit aufgebaut und auch das spricht für ihre Stärke, denn ich war damals jahrelang intensiv mit der Arbeit am Theater beschäftigt und hatte fast gar keine Zeit für sie.

Der berühmte Dramatiker Heiner Müller, ein bescheidener, aber anspruchsvoller Mann, inszenierte nämlich eines seiner Stücke am Deutschen Theater und hatte mich gefragt, ob ich die Dramaturgie für ihn machen wolle. Er mochte meine Frau sehr, sagte damals aber zu ihr: Irgendwie musst du dich zurückziehen. Wenn du ihn jetzt zu sehr brauchst, geht er kaputt, denn ich brauche ihn total. Das war damals nicht böse, sondern einfach nur ehrlich, ganz ehrlich gemeint. Er hat mich sehr stark vereinnahmt und ich habe mich auch gerne vereinnahmen lassen, weil es natürlich ein interessantes Leben war. Ich bin überall mit ihm mitgefahren: Palermo, Barcelona, Wien, wo wir die Gelegenheit hatten mit berühmten Bühnenbildnern zusammenzuarbeiten und Vorträge abzuhalten. Natürlich war das großartig, es war ja meine Leidenschaft! Aber die andere Leidenschaft war eben meine Blanche, die damals sehr unter meiner Abwesenheit litt, vor allem nachdem ihre Mutter gestorben war und sich kurz darauf ihr älterer Sohn das Leben nahm.

Ich war damals einfach nicht für sie da. Einerseits, weil ich durch meine Arbeit wirklich nicht konnte, andererseits, weil ich nicht wusste, wie. In dieser Hilflosigkeit flüchtete ich in meine Dramaturgie. Dazu kam, dass meine Tochter ungefähr zur gleichen Zeit im Alter von 26 bei einem Autounfall ums Leben kam und ich mich um meinen verzweifelten Sohn kümmern musste, der sehr unter dem Verlust seiner Schwester litt und immer wieder in die Klinik musste. Auch ihr jüngerer Sohn litt unter dem Tod seines Bruders, wir waren beide, jeder für sich, damit beschäftigt, mit diesen katastrophalen Zuständen zurecht zu kommen, die uns den Boden unter den Füßen weggerissen hatten. Man könnte meinen, dass gerade dieses Leid Grund genug sein musste, noch näher aneinanderzurücken, sich noch stärker am anderen festzuhalten. Aber wissen Sie was? Gerade dann ist es besonders schwer, füreinander da zu sein, weil man nie ganz nachempfinden kann, was der andere in diesen schrecklichen Tagen und Wochen durchmacht und was er braucht. Ich will dafür aber gar keine fadenscheinigen Ausreden suchen, denn es waren sicher Situationen, in denen ich geflüchtet bin und für meine Liebste versagt habe.

Natürlich hat sie unendlich darunter gelitten, das weiß ich und es ist ein ganz dunkler Schatten in meinem Leben, weil Abwesenheit in entscheidenden Momenten sich nie wiedergutmachen lässt. Damals hätte ich das wahrscheinlich gar nicht in Worte fassen können, aber rückblickend war es vermutlich die Angst vor dem Tod und vor der Trauer, die immer damit verbunden ist. Die ist schon sehr früh da, diese Angst, eigentlich unser ganzes Leben lang.

Auch heute kommt sie noch hoch und dann kann man machen, was man will, nichts schickt die Angst vor dem Tod wieder zurück ins Unterbewusstsein. Man kann maximal abwarten, dass man sie durch einen Zufall, eine schöne Begegnung oder eigene gute Gedanken wieder vergisst. Bei mir ist das der Fall, wenn meine Frau da ist, obwohl ich gerade in diesen Momenten auch oft an den Tod denke, weil ich weiß, dass uns eine Trennung bevorsteht. Trotz der vielen Jahre, die wir zusammen hatten, und es waren ja wirklich viele Jahre, denke ich, es könnten ruhig noch ein paar mehr sein.

Wenn mich Menschen fragen, wie wir es denn geschafft haben, so lange zusammenzubleiben, weiß ich gar nicht so recht, was sie hören wollen. Ich könnte von Großzügigkeit, von Toleranz und von Treue sprechen und das stimmt auch alles sicherlich. Aber ich denke, in unserem Fall war es gerade die Tatsache, dass wir erst nach zwanzig Jahren unserer Beziehung zusammengezogen sind. Die Hälfte unserer Zeit haben meine Frau und ich gar nicht zusammengelebt. Das hatte damals mehrere Gründe.

Einerseits haben wir uns in all den Jahren nicht immer gleichmäßig geliebt und andererseits waren wir durch unseren Beruf viel unterwegs. Diese große räumliche Distanz würde bei anderen Paaren vielleicht gar nicht funktionieren, aber ich bin trotzdem der Meinung, dass die Liebe eine viel größere Stabilität erfährt, wenn man sich ab und zu trennt. Es ist nichts furchtbarer als in den Alltag zu rutschen und dann nur noch mit Nichtigkeiten zu tun zu haben, über die man sich dann auch noch zu streiten beginnt: Wo der Löffel denn jetzt hingekommen ist und wer ihn weggeräumt hat. Paradoxerweise kann die größte Nähe zwischen zwei Menschen erst durch Entfernung entstehen. Ich denke, Blanche sieht das ähnlich, auch wenn sie damals sehr unter meiner langjährigen Abwesenheit gelitten hat.

Heute sagt sie, dass sie rückblickend sogar dankbar dafür ist. Durch diese Distanz hatte sie die Freiheit, sich selbst zu verwirklichen und viel Herzblut in ihre Träume zu stecken. Wer weiß, ob sie die Studentenbühne jemals überhaupt gegründet hätte, wenn ich immer da gewesen wäre? Vermutlich nicht. Somit ist ihr durch die Trennung auch etwas Schönes geschenkt worden. Wir haben ja im Nachhinein noch oft über meine Abwesenheit und die Versäumnisse, die damit einhergingen, gesprochen. Ich denke, wir sind uns mittlerweile im Reinen darüber, dass es so sein musste und können heute ganz gut damit leben. Und so verbringen wir unsere letzten gemeinsamen Stunden damit, das Leben und unsere Liebe intensiv zu genießen – das ist oft schwierig, macht es aber nicht weniger schön.

Fuchs, du hast
die Gans gestohlen

Zuerst wirkt er, als würde er nicht verstehen, wenn man ihn fragt. Doch es ist nur die kurze Bedenkzeit, die er braucht, um in sich zu gehen und die Erinnerung herauszuholen. Zwei bis drei Sekunden Stille, dann kommt die Vergangenheit zurück.

Aufgeschrieben von: Laura Fischer

Ich wurde als Bauer geboren, wuchs als Bauer auf und lebte mein Leben lang als Bauer. Ich hatte zwei Brüder und eine Schwester, und vor allem im Krieg mussten wir alle in der Landwirtschaft der Eltern mitarbeiten. Der Hof bestimmte immer mein Leben. Mit zwanzig lernte ich auf einem Kirtag meine erste Freundin kennen, die wollte mich aber nicht heiraten. Ich war ein Bauer und so ein Leben wollte sie nicht. Danach hatte ich immer wieder weibliche Bekanntschaften, aber geworden ist es mit keiner was. Mit meinen Freunden aus der Schule war es ähnlich: Alle sind weggezogen, haben einen Beruf ergriffen oder geheiratet, ich bin am Hof geblieben und habe Zuckerrüben gewaschen. Direkt nach dem Krieg hat es ja keinen Zucker gegeben.

Rosa lernte ich kennen, da war ich schon alt, 28 glaube ich. Sie war 31. Damals hatte sie noch einen Freund, aber als es bei den beiden aus war, und bei meiner damaligen Freundin und mir auch, kamen wir zusammen. Wir waren aus derselben Ortschaft, sie war auch aus einer Bauernfamilie, also störte meine Herkunft sie gar nicht. Im Gegenteil, zusammen führten wir auch eine Landwirtschaft. Bei unserer Hochzeit war die ganze Verwandtschaft dabei. Da hatten meine Eltern noch nichts gegen sie, wir waren ja schon alt, sie wollten, dass wir heiraten. Die Probleme kamen erst später. Kurz gesagt: Rosas Eltern mochten mich nicht und meine Eltern mochten sie nicht. Vor allem mit meiner Mutter war es schlimm. Sie behandelte uns wie Knecht und Dirne, vor allem mit Rosa hat sie immer geschimpft. Am Anfang bekam ich das gar nicht mit, und später sagte ich dann sehr lange nichts. Natürlich war das falsch. Als ich mich endlich auch einmal einmischte, freute sich Rosa, aber besser machte ich es dadurch nicht. Von da an hieß es: wir beide gegen den Rest der Familie. Die Geschwister habe ich gespalten dadurch, die waren auch immer gegen uns.

Ich und Rosa haben uns aber immer gut verstanden. Zusammen führten wir den Hof, wir haben eine gemeinsame Tochter, vier Enkeltöchter und sogar schon eine Urenkeltochter. Mit den Enkelkindern habe ich gerne viel Zeit verbracht, ich habe sie ins Bad geführt zum Beispiel. In der Pension hatte ich endlich Zeit für so etwas. Urlaub gab es mein ganzes Leben als Bauer nicht, nicht einmal Flitterwochen gingen sich aus. Die ersten Ausflüge machten wir erst in der Pension, zum Beispiel nach Italien. Da war meine Frau noch gesund.

Es war in der Küche, das weiß ich noch. Rosa saß auf der Eckbank am Tisch und ich am Stuhl. Damals konnte sie schon nicht mehr so gut gehen. Sie stand auf, rutschte aus, und schwupps lag sie am Boden. Ihr Kopf schlug am Fußboden auf, aber zuerst war nichts. Erst ein paar Tage später bekam sie Kopfschmerzen, und wir fuhren ins Krankenhaus. Dort stellten sie fest, es ist eine Gehirnblutung. Das war das zweite Mal, dass Rosa schwer krank war, davor hatte sie schon mal den Brustkrebs überlebt. Eine Gehirnblutung, das ist wie ein Schlaganfall. Sie war zwar bei Bewusstsein und bekam alles mit, aber sonst war nicht mehr viel da.

Am Anfang konnte Rosa gar nicht sprechen. Jeden Tag half ich zu Hause ein bisschen, nicht viel, der Hof war ja bereits an die Tochter und den Schwiegersohn übergeben, aber ich mähte zum Beispiel den Rasen, dann fuhr ich ins Krankenhaus. Dort versuchten sie, ihr wieder Sprechen beizubringen, aber so richtig wollte es nicht funktionieren. Jeden Tag saß ich im Sessel neben dem Bett im Einzelzimmer und redete mit ihr. Wenn ich wieder heimfahren wollte, hat sie immer geweint, auch wenn sie nicht reden konnte. Sie wollte ja mitfahren nach Hause. Zuletzt habe ich dann nichts mehr gesagt, wenn ich weg bin, sondern immer nur: »Ich muss beim Auto was richten«, und habe mich nicht mal verabschiedet. Dann wurde es ein bisschen besser. Die Schwestern haben mir gesagt, ich soll das so machen.

Einmal, als ich wieder dort saß, kam eine der Schwestern zu mir. »Kannst du singen?« »Nein«, sagte ich natürlich. »Was soll ein Bauer, der sein Leben lang nur am Hof gearbeitet hat, singen können?« Aber dann fiel mir ein, die einfachen Lieder von früher, »Fuchs, du hast die Gans gestohlen« und so Zeug, die konnte ich noch. Das war das erste Lied, das ich für Rosa gesungen habe. Mitgesungen hat sie da noch nicht, aber sie hat gelächelt, sie hat sich gefreut. Mit der Zeit fielen mir auch andere Lieder ein, und irgendwann fing sie an mitzusingen.

Mit einem Logopäden lernte sie langsam wieder zu sprechen. Vom Krankenhaus in Horn kam sie für ein paar Wochen auf Reha nach Zwettl. Dort lernte sie wieder neu essen und gehen, alles eigentlich. Auch in der Reha besuchte ich sie jeden Tag und unterhielt mich mit ihr. Und nach vier, fünf Wochen, als sie entlassen wurde, war ich sie abholen und brachte sie wieder nach Hause.

Dann wurde alles wieder gut, danach war sie wieder so wie vorher. Den Krebs hat sie überlebt, die Hirnblutung auch, nur die Demenz, die später kam, ist dann nicht mehr vergangen. Eh klar, die vergeht ja nicht. Da gibt es kein Medikament dagegen. 53 Jahre waren wir verheiratet. Heuer ist Rosa gestorben.

Rache

Das Gespräch findet in einem christlichen Pflegeheim statt. Sie hat gelähmte Beine und liegt im Bett. Wenn sie erzählt, kichert sie aber wieder wie ein Mädchen. »Den Kloster-schwestern hier im Haus hab ich aber nichts von meiner Geschichte erzählt«, *sagt sie.*

Aufgeschrieben von: Laura Fischer

Als er mich angesprochen hat, richtete ich in dem Geschäft, in dem ich damals angestellt war, gerade die Auslage. Er war Zeitschriften-vertreter und wollte mir eine Zeitschrift verkaufen. »Brauch' ich nicht, die hab' ich schon«, antwortete ich und arbeitete weiter, ohne ihn viel zu beachten. In meiner Mittagspause holte ich mir mit einer Freundin ein Eis. Beim Eissalon begegnete er uns wieder und sprach mich an. Ob ich mit ihm ausgehen möchte. Ich war gerade 17 Jahre alt und die Gesellenprüfung zur Schuhverkäuferin stand kurz bevor. Also sagte ich: »Ich kann mich nicht treffen, ich muss lernen. Frühestens in einem Monat.« »Na gut, dann treffen wir uns in einem Monat«, meinte er darauf.

Wir vereinbarten tatsächlich ein Treffen in genau einem Mo-nat. Ich bin aber aus Niederösterreich, also hätte ich für das Tref-fen extra nach Wien fahren müssen. »So ein Blödsinn«, sagte ich zu meiner Schwester, »nein, ich fahr ned.« Aber meine Schwester sagte: »Geh fahr. Und wenn nichts draus wird, gehst du eben die Tante in Wien besuchen.« Als wir einander sahen, waren wir beide überrascht, dass der andere wirklich gekommen war. Er lud mich ins Café ein und später in den Prater, ich muss sagen, ich habe mich sehr amüsiert. Als wir anfingen, einander zu schreiben, schrieb ich, ich will mich schon weiter treffen, aber eigentlich bin ich zu jung. Er war fast elf Jahre älter als ich, 28, aber er sah viel jünger aus, außerdem war er ziemlich hartnäckig. Später hat er mir erzählt, was er zu seiner Mutter gesagt hat, nachdem er von der ersten Verabredung nach Hause gekommen war: »Ich hab da eine kennengelernt, ich glaub', die werd' ich heiraten.«

Von da an fuhr er immer wieder zu mir raus oder ich kam nach Wien und wir gingen tanzen. Ein paar Wochen später lernte ich seine Familie kennen. Kurz bevor ich zum ersten Mal zu ihm kam, erzählte er mir, er sei schon einmal zwei Jahre verheiratet gewesen und hätte eine Tochter. Ein kleines, vielleicht zweijähriges Mädchen hätte mich gar nicht gestört, dachte ich mir damals. Nur war das kleine Mädchen neun Jahre alt. Sie und seine Mutter nahmen mich aber sofort in die Familie auf. »Schlafst heute eh schon bei uns?«, fragte mich die Kleine gleich, als ich das erste Mal bei ihnen war. Habe ich damals aber noch nicht.

Nach vier Monaten wurde ich schwanger. Als meine Regel ausblieb, ging ich zum Frauenarzt, der mich natürlich sofort fragte: »Hat dich deine Mutter nicht aufgeklärt?« Damals wusste ich überhaupt nicht über sowas Bescheid. Auf dem Land sprachen wir nicht darüber. Ich hatte ihn gern, also dachte ich mir vor dem ersten Mal, ja, gehört eben dazu. Er war da sehr dahinter, er war sehr verliebt. Mir machte es aber überhaupt keinen Spaß, im Gegenteil, es tat eher weh. Aber das wird wohl normal sein. Als ich schwanger wurde, war klar, wir werden heiraten, etwas anderes kam gar nicht in Frage. Am liebsten hätte ich nicht geheiratet oder zumindest nicht so früh und nicht nur, weil wir einmal nicht aufgepasst hatten. Im sechsten Monat, da waren wir schon verheiratet, verlor ich das Kind. Natürlich tat es mir leid, aber andererseits dachte ich mir, Gott sei Dank.

Zwei Jahre nach der Fehlgeburt wurde ich ein zweites Mal schwanger. Dieses Mal war der Zeitpunkt besser und ich freute mich richtig. Die Schwangerschaft verlief normal, die Wehen setzten genau am errechneten Tag ein – aber das Kind wurde tot geboren. Dabei hätte ich mir das wirklich gewünscht. Zwei Jahre später war ich wieder schwanger, mein Sohn kam schon nach sieben Monaten. »Zum Glück«, sagte der Arzt, »sonst wäre dieser vielleicht auch gestorben.« Der war so ein klein und seine Lunge funktionierte nicht richtig, also musste er für ein paar Wochen im Spital in Neunkirchen bleiben, wo wir damals lebten. Meine Mutter hatte die Idee, ihn mit dünnem Grießbrei hochzufüttern. Dadurch hatte er recht schnell das Gewicht, welches mein zweiter Sohn erst mit acht Monaten erreichte. Jetzt ist er ungefähr einen Meter neunzig groß.

Mein drittes Kind bekam ich erst zehn Jahre später, eine Tochter, obwohl ich lieber noch einen Sohn bekommen hätte, immerhin war ich Söhne gewöhnt. Geplant war auch dieses Kind nicht. Damals gab es die Pille zwar schon, aber so ganz haben wir der Sache nicht vertraut, es war die Zeit der Contergan-Babys. Contergan waren Tabletten, die gegen die Schwangerschaftsübelkeit am Anfang helfen sollten. Davon sind die Kinder dann plötzlich ohne Arme oder Beine geboren worden, also waren wir sehr vorsichtig mit allen neuen Medikamenten. Eigentlich hatten wir nur die normale Verhütungsmethode. Wir wussten, um die Regel herum war man sicher, dazwischen war irgendwann der Höhepunkt. Das hat funktioniert. So lange, bis es eben nicht funktioniert hat.

Meine letzte Schwangerschaft war nicht schön. Am Anfang starb meine Schwiegermutter, über die Feiertage starb auch meine Mutter. Zu Weihnachten waren wir noch im Spital bei ihr, sie war gestürzt und hatte sich die Rippen gebrochen. »Die stirbt, das sieht man ja, warum tun die nichts?«, habe ich gesagt, aber meine Schwester meinte: »Nein, das wird schon wieder.« Nach dem Heiligen Abend bekam ich den Anruf, da wusste ich es schon. Mein Mann wurde auch noch krank, die echte Grippe, mit 41 Grad Fieber. In dem Jahr stand ich schwanger auf der Leiter und habe den Baum aufgeputzt, meine zwei Buben im Kinderzimmer, mein Mann lag im Bett und hat fantasiert. Am liebsten hätte ich gesagt, das Christkind kommt ein anderes Mal. Die nächsten Jahre mochte ich Weihnachten nie besonders gerne, es hat mich einfach zu sehr an dieses furchtbare Jahr erinnert.

Mein Mann erholte sich sicher besser davon als ich. Er war immer schon ein Lebemann, ein bisschen ein Leichtsinniger. Nicht nur das, ihm sind auch alle Frauen immer nach, und er... war bestimmt kein Nein-Sager. Ich könnte an zehn Fingern nicht abzählen, wie oft er eine hatte, überall wo es ging, wo sie ja gesagt haben. Eine Zeit lang arbeitete er im Büro, später war er Hotelportier, dort lernte er natürlich auch Frauen kennen. Die Gäste, die Angestellten, egal wen.

Am Anfang bekam ich das gar nicht so mit. Immer, wenn er spät nach Hause kam, er hatte dann meistens schon etwas getrunken, sagte er zu mir: »Mein Gott, du bist so brav, und ich bin so schlecht.« »Warum bist du so schlecht?«, fragte ich ihn jedes Mal. »Na, weil ich so spät nach Hause gekommen bin.« Er hatte immer ein furchtbar schlechtes Gewissen. Aber als ich ihm dann draufkam, begann er, alles abzustreiten. Vor allem am Anfang gab er es nie zu, aber man merkt das ja. Nicht unbedingt an seiner Art, aber wenn man die andere Person mal trifft, dann weiß man es einfach.

Um das zu beenden, hätte ich mich scheiden lassen müssen. Aber das wollte ich wegen der Kinder nicht. Obwohl mein Großer mal gefragt hat: »Warum lasst ihr euch eigentlich nicht scheiden?« Meine Mama war dabei. »Na, soll die Mama etwa wen anderen heiraten?«, hat sie ihn gefragt. »Ja, den Onkel Poldi.« Das war der Mann meiner Cousine, anscheinend gefiel ihm der besser. Mein Mann wollte sich aber gar nicht trennen, er wollte trotzdem immer mit mir zusammen sein. »Du, lass ma uns scheiden«, habe ich mal zu ihm gesagt. Da hat er gleich gefragt: »Aber warum? Ich liebe dich!« Er war ja nicht nur schlecht. Er war ein guter Vater und wenn er zu Hause war, war er ein toller Mann. Außer der einen Sache kann ich nichts Schlechtes über ihn sagen. Für ihn hat das nichts bedeutet, es war eine Nebensache. Eine wichtige Nebensache. Aber ich war die Hauptsache.

Gerade am Anfang war das für mich ein Unding. Ich dachte mir, ich heirate und so bleibt das. Ich hatte ihn wirklich gern. Er mich auch, aber die Seitensprünge lagen bei ihnen schon in der Familie. Sein Bruder, seine Schwester, ich glaube es kam vom Vater her. Also habe ich irgendwann gesagt: »Na, dann werde ich es auch machen.« Sein Spruch war aber immer, er hätte nichts dagegen, aber bei einem Mann sei das etwas anderes. Warum? Na die Frau kann ein Kind kriegen, der Mann kann kein Kind kriegen.

Als ich 35 war, wurde mir die Gebärmutter rausgenommen. Plötzlich konnte ich keine Kinder mehr bekommen. Da habe ich gesagt: »Jetzt fängt's an.« Und das habe ich nicht nur ihm gesagt, sondern jedem, den wir getroffen haben. Jedem, der es gewusst hat, sie kannten meinen Mann ja alle, habe ich gesagt: »Jetzt fange ich auch damit an.«

Ein paar Monate später, nach der Operation, fing ich gleich im Genesungsheim damit an. Kennenlernen tut man ja schnell mal wen. Dabei war ich überhaupt nicht für Sex so eingestellt, dass ich es gebraucht hätte. Ich hätte auch ins Kloster gehen können, ohne dass es mir wirklich abgegangen wäre. Als ich zum ersten Mal mit einem anderen Mann was anfing, war das schon ungewohnt. Man ist ja das eine Ding gewohnt, und dann ist da plötzlich etwas anderes. Ich habe mich eigentlich nur orientiert an: Hat er was davon oder nicht? Die Männer haben sich gefreut und ich habe meine Rache gehabt. Ein bisschen Spaß hatte ich schon dabei, aber nie so, dass ich mir dachte, den muss ich jetzt haben. Ich suchte mir halt die Sympathischsten aus.

Als ich zum ersten Mal alleine ausging, sagte mein Ältester: »Na endlich wirst du emanzipiert.« Dabei fühlte ich mich gar nicht wirklich emanzipiert. Ich war immer schon selbstständig, das war nur noch das i-Tüpfelchen. Ich war immer berufstätig, wenn auch halbtags, als ich die Kinder bekam. Dass das Geld nicht reichte, war schon ein Grund, aber auch, dass ich Kontakt zu Leuten haben und selbstständig sein wollte. Ich war gelernte Schuhverkäuferin. Als wir nach Neunkirchen zogen, wurde ich Leiterin einer Filiale eines Papiergeschäfts, als wir zurück nach Wien zogen, kam ich in ein Büro. Dort suchten sie jemanden für die Computer und mir fiel das leicht. Natürlich zogen wir weg vom Land – mein Mann hielt es dort nicht aus. Man war zu bekannt. Und es gab zu wenig Auswahl.

Mein Mann und ich hatten eine gemeinsame Freundin, die wir beide sehr gut kannten. Als ich ihr alles erzählte, und sagte, ich lasse mir das nicht mehr gefallen, erzählte sie, dass er es auch bei ihr versucht hatte. »Kommt überhaupt nicht in Frage«, hatte sie zu ihm gesagt. »Du bist dumm«, soll er geantwortet haben. »Bist es nicht du, ist es eine andere.«

Natürlich habe ich meinem Mann von meinen Geschichten erzählt, aber nie direkt. Einmal war ich auf Kur. Nach der Kur sagte ich, ich treffe mich mit einer Freundin übers Wochenende, und er wusste genau, was los ist. »Des is schon wieder der Kärntner«, hat er gesagt. Ich habe nur gelächelt und gesagt: »Jaja, die Kärntner sind liebe Leute.« Verheimlicht habe ich es nie vor jemandem. Meine Schwester und mein Schwager waren ziemlich schockiert, die haben gesagt: »Das kannst du doch nicht sagen.« »Aber warum nicht? Er hat es gemacht, er macht es noch immer, und ich mache es jetzt auch.«

Dann, auf einmal, ging er nicht mehr so oft weg. »Du kannst ruhig gehen, ich gehe heute aus«, habe ich zu ihm gesagt, aber er hat gemeint: »Nein, ich bleibe schon zu Hause bei der Kleinen.« Er war brav, er hat geglaubt, dann gehe ich auch nicht. Er hat schon gelitten darunter, so egal war es ihm gar nicht, wie er am Anfang gesagt hat. Aber ich hatte meine Genugtuung. Am Ende hatten wir beinahe so etwas wie eine Abmachung. Er geht, aber ich gehe auch.

Meistens habe ich die Männer kennengelernt, wenn mein Mann und ich tanzen waren. In Wien gab es ein Nachtlokal, wenn man vom Stephansplatz runtergeht zum Donaukanal, in der Rotenturmstraße, das Lokal gibt es heute nicht mehr. Vorher sind wir zum Heurigen gegangen, und wenn der Heurige um zwölf zugesperrt hat, sind wir bis zwei noch tanzen gegangen. »Was findest du an dem?«, hat mein Mann gesagt, wenn ich wieder auf einen ein Auge geworfen hatte. »Na, er gefällt mir.« »Der ist überhaupt ned schön«, meinte mein Mann jedes Mal. Aber ich habe nie direkt gesagt, dass ich mich mit jemandem treffe. Ich war immer »mit Freundinnen« weg.

Dafür half ich ihm einmal, ein Mädchen loszuwerden. Das war noch, als er als Kellner gearbeitet hat. Sie hat vis à vis gewohnt und kam immer zu ihm ins Café. An dem Tag traf er sich mit seiner Ex-frau, das hatte er aber mit mir abgesprochen. Sie hatte seine Tele-fonnummer, also rief sie bei uns an: »Wissen S' eh, Ihr Mann sitzt mit seiner ersten Frau im Wirtshaus und unterhält sich dort.« Ich sagte darauf nur: »Na und? Ich weiß des. Was wollen S' mir damit sagen?« Sie hat das vollkommen fertiggemacht. »Na, die...die...die sitzen schon so lange dort, und, und die sind so vertraut miteinan-der!« »Naja, die waren zwei Jahre verheiratet, nicht? Warum sollen s' ned vertraut sein?«, habe ich gesagt. Ich dachte, sie explodiert vor Wut. Aber mir war das egal. »Mich interessiert es nicht«, habe ich gesagt, »und Sie hat es auch nicht zu interessieren.« Und damit war das dann erledigt.

Die letzten zehn Jahre unserer Beziehung wurde mein Mann krank und ich pflegte ihn. Zuerst hatte er schon noch ein paar Ge-schichten am Laufen, aber das waren nur ganz kurze Episoden, mit dem Alter hat sich das gegeben. Es waren sehr schöne Jahre, als er dann zu Hause war, unsere Tochter hat einmal gesagt: »Jetzt seid ihr so beieinander, wie du es dir immer gewünscht hast.« Über die Sachen von früher haben wir kaum geredet, aber er hat sie nicht mehr abgestritten, sondern nur noch in sich hineingelächelt. Aber das war mir dann egal. Am Ende haben wir dann doch darüber gere-det und uns amüsiert. Wenn die anderen, die davon gewusst haben, Anspielungen gemacht haben, haben wir uns nur angeschaut und gegrinst. Zum Schluss haben wir alle beide darüber lachen müssen.

Schweigen

Lotte sitzt im Rollstuhl und lebt mit ihrem Mann im Franziskusheim in Wien. Die meiste Zeit wird er für sie erzählen, weil sie zu schwach ist. Ab und zu fällt sie ihm ins Wort und stellt richtig, was er falsch verstanden und sie vergessen hat zu erzählen. Dann diskutieren sie kurz darüber, wie es wirklich war. Sie hilft ihm mit den Details ihrer Geschichte, beim Rest hilft er ihr. Denn ohne Hilfe kann Lotte heute fast gar nichts mehr: nicht aufstehen, nicht gehen, nicht trinken.

Aufgeschrieben von: Marija Barisic

»Warum ist meine Mutter so böse zu mir? Warum ist meine Mutter so böse zu mir?« Wissen Sie, wie oft ich mir diese Frage gestellt habe? Immer wieder und wieder und wieder. Meine ganze Kindheit über. So oft, dass ich mich heute darüber wundere, wie oft man sich eine Frage überhaupt stellen muss, bis man sie nicht mehr hören kann, nicht einmal in Gedanken.

Ich stellte sie mir, als ich einen Darmdurchbruch hatte und meine Mutter sich so lange weigerte, das Krankenhaus anzurufen, bis es anders nicht mehr ging, weil ich sonst gestorben wäre. Ich stellte sie, wenn ich um sechs Uhr am Abend von der Arbeit nach Hause kam, 14 oder 15 muss ich damals gewesen sein, und sie für alle gekocht hatte, außer für mich. »Wenn du etwas Warmes essen willst, dann musst du eben früher nach Hause kommen!«, sagte sie dann zu mir. Natürlich war das Schwachsinn, sie wusste ja, dass ich in der Apotheke arbeitete und gar nicht früher nach Hause kommen konnte. Oder: »Dein Bruder hatte Hunger und hat den Rest aufgegessen!« Ihr Hass kam immer plötzlich, ohne Vorwarnung, und richtete sich nur gegen mich, nie gegen meine Geschwister, die zur selben Zeit wie Heilige von ihr behandelt wurden. Was fehlende Mutterliebe mit einem macht, kann ich nicht sagen. Ich weiß nur, dass man sie nie vergisst.

Ich war nicht die Einzige, die ständig unter den unvorhersehbaren Launen meiner Mutter litt. Auch mein Vater wurde andauernd von ihr gepiesackt. »Streich die Wand blau!«, sagte sie zu ihm und er strich sie blau. »Das gefällt mir nicht, streich die Wand weiß!«, und er strich sie weiß. Mein Vater, ein konfliktscheuer und schüchterner Mann, wurde zu flüssigem Wachs in ihren Händen. Er führte alle ihre Befehle blind aus und sie schien ihn bei jeder Gelegenheit dafür zu bestrafen. »So, als würde sie ihm sein Leben zur Hölle machen wollen«, sagte mein Mann später immer wieder zu mir und damit hatte er gar nicht so Unrecht.

Ich hatte Mitleid mit meinem Vater, einerseits, weil ich sehen konnte, wie sehr er unter den Anfällen meiner Mutter litt, andererseits, weil ich wusste, wie es war, Zielscheibe ihres Hasses zu sein. Was ich damals nicht wusste, war, dass die Giftpfeile, die sie in seine Richtung abschoss, nicht ganz so unbegründet waren wie die, die sie regelmäßig gegen mich richtete.

Ich weiß nicht mehr genau, wie alt und wo ich war, als ich es erfuhr. Das habe ich wahrscheinlich verdrängt. Erinnern kann ich mich eigentlich nur noch an diesen einen Satz, den ich nie vergessen werde, weil ich gar nicht könnte, selbst wenn ich wollte: »Warum wunderst du dich überhaupt? Die ist ja gar nicht deine Mutter!« Genau das sagte sie damals zu mir. Eine alte Bekannte meines Vaters. Davor hatte ich mich noch über irgendetwas bei ihr ausgelassen, was meine Mutter wieder Böses gesagt oder getan hatte. Irgendwann drehte sich diese Frau, die meinen Vater und unsere Familie schon seit Jahren kannte, zu mir um und unterbrach meinen Redeschwall mit diesem Satz.

Ich weiß noch gut, wie sie es sagte, in welchem Ton. Ganz ruhig und gefasst, ohne zu zögern. Als würde sie mich auf etwas Selbstverständliches hinweisen. Etwas, das man in meinem Alter doch längst wissen sollte, wenn man bisher nicht mit verschlossenen Augen durch die Welt gelaufen ist. Aber ich hatte wirklich keinen blassen Schimmer. Ich war damals 14, 15 oder 16 Jahre alt und hatte keine Ahnung, dass meine Mutter nicht meine leibliche Mutter war. Woher auch? Niemand hatte es mir gesagt.

Die Bekannte meines Vaters tut mir im Nachhinein richtig leid. Wer sagt einer jungen, pubertierenden Frau schon gerne, dass ihre Mutter nicht ihre echte Mutter ist? Und dann auch noch so unfreiwillig! Ich muss in dem Moment wie ein Mensch ausgesehen haben, über den man sagt, dass ihm gerade die Schuppen von den Augen fallen. Sie saß jedenfalls ganz aufgelöst vor mir, große Augen, offener Mund, und sagte nur: »Ach. Das weißt du gar nicht?«

Ich erfuhr dann, dass mein Vater jahrelang mit einer anderen Frau verlobt gewesen war, noch bevor er meine Stiefmutter kennengelernt hatte. Diese Frau erkrankte irgendwann an Leukämie und bald war klar, dass sie nicht mehr lange leben würde. Meinen Vater muss offensichtlich die Angst gepackt haben, als alter Junggeselle zu sterben, denn kurz nach ihrer Diagnose löste er die Verlobung zu dieser todkranken Frau auf und verließ sie für eine andere, gesunde: meine Stiefmutter. Sie konnte ihm das bieten, was mit einer kranken Frau unmöglich war: eine Zukunft. Und so dauerte es nicht lange, bis er um ihre Hand anhielt und die beiden heirateten.

Was meine Stiefmutter damals aber nicht wusste, war, dass mein Vater die Beziehung zu seiner Ex nie ganz beendet hatte. Immer wieder trafen sie sich heimlich und verbrachten Zeit miteinander, auch nachdem er schon längst mit meiner Stiefmutter verheiratet war und sie ein Bett in ihrem gemeinsamen Haus teilten. Die Affäre zwischen meinem Vater und seiner schwer kranken Ex-Freundin muss sich über Jahre hinweggezogen haben. Und das Resultat dieser Affäre war ich.

Mein Vater war sicher nicht der Einzige, der seine Frau betrog. Man kann sich gar nicht vorstellen, wie häufig das damals vorkam. Wir lebten ja in einer Zeit, in der meist nicht aus Liebe, sondern aus praktischen Gründen geheiratet wurde. Nicht viele besaßen damals die Stärke, diesem Bis-dass-der-Tod-uns-scheidet-Versprechen gerecht zu werden. Mein Vater war aber bestimmt einer der wenigen, der es schaffte, seine Affäre zu schwängern.

Wenn ich darüber nachdenke, mache ich ihm eigentlich keine Vorwürfe deswegen. Vielmehr habe ich zigtausend unbeantwortete Fragen, die mir bis heute im Kopf herumschwirren: Was ging damals in ihm vor? Warum hatte er weiterhin Sex mit einer kranken Frau, wenn er schon eine andere gefunden und geheiratet hatte? War er zu verliebt in meine Mutter, um sie ganz loszulassen? Oder hatte er Mitleid wegen ihrer Krankheit? Wen von den beiden Frauen hat er wirklich geliebt, wer war nur das sexuelle Abenteuer?

Sie starb, kurz nachdem sie mich zur Welt gebracht hatte, meine Mutter. Die Geburt war zu schwer und sie schon zu krank. Ich habe sie nie kennengelernt, kein Bild, kein Geruch, nichts, was mich heute an sie erinnern könnte. Wie denn auch? Mein Leben fing an, als ihres aufhörte. Gespürt habe ich sie immer nur an der Mutterliebe, die ich nie hatte. Und am Hass meiner Stiefmutter, der mir jeden Tag entgegenschlug. Ob ich meiner Stiefmutter böse bin? Ich denke, das ist die falsche Frage. Kann ich ihr überhaupt ernsthaft böse sein? Diese arme Frau musste mich, die Tochter der Affäre ihres Mannes, bei sich zu Hause aufnehmen, ernähren, erziehen und sich auch noch überall glaubhaft als meine Mutter verkaufen. Jeden Tag wachte sie auf und wurde bei meinem Anblick daran erinnert, belogen und betrogen worden zu sein. Ich war der verkörperte Sündenfall, der mit ihr zusammen unter einem Dach lebte und auch noch nach ihrer Liebe lechzte. Ich hatte ja keine Ahnung. Heute denke ich mir: Wie verrückt ist das eigentlich?

Dann frage ich mich wiederum, warum sie sich so lange dazu gezwungen hat, diese Lüge zu decken, wenn es ihr gleichzeitig so schwergefallen ist? Meine Stiefmutter kam aus einer furchtbar verklemmten, hochnäsigen Adelsfamilie, die ohnehin auf alles herabsah, was nicht ihrem Stand entsprach. Ein Fall wie dieser hätte sicher keine Empathie ausgelöst, sondern böses, schadenfrohes Geläster. Dass sie darauf keine große Lust hatte, ist nicht verwunderlich. Denn wenn meiner Stiefmutter etwas wichtig war, dann war das ihr Ruf. Sie wollte sicher nicht die Rolle der betrogenen, gedemütigten Hausfrau abgeben, dazu war sie viel zu dominant und rechthaberisch. Vielleicht war sie aber auch einfach zu verliebt und zu schwach, um meinen Vater zu verlassen, gleichzeitig aber zu wütend, um ihm seinen Fehltritt zu verzeihen. Und so blieb ihr nichts anderes über, als ihn sein Leben lang dafür zu bestrafen.

Weder mit ihr noch mit meinem Vater habe ich jemals darüber gesprochen. Es gab zwar immer wieder Momente, da kam mein Vater auf mich zu oder auf meinen Mann und begann ganz nervös zu stammeln, dass es da etwas gäbe, was wir noch unbedingt besprechen müssten. Das Problem dabei war nur: Er hat nie irgendetwas besprochen. Nie. Selbst wenn wir dann im Nachhinein auf ihn zugingen und nachfragten, was es denn war, das er besprechen wollte, machte er im letzten Moment immer einen Rückzieher. Ganz offensichtlich lag ihm etwas auf der Zunge, das er nicht über die Lippen brachte. Und ich auch nicht.

Von außen mag es unglaublich feig wirken, dass ich nie meinen Mut zusammengenommen habe, um mit dem offenen Geheimnis meiner Familie aufzuräumen und das Schweigen zu brechen. Aber mit dem Schweigen ist es so ähnlich wie mit dem Faulenzen: Je länger man es tut, desto schwieriger ist es auszubrechen. Irgendwann hat man so lange nichts gesagt, dass man gar keine passenden Worte mehr dafür findet und die Zunge immer unbeweglicher wird, bis sie einrostet.

Dann kommt auch noch die Angst dazu, was passieren könnte, wenn man es nach all den Jahren ausspricht. Das ist wie ein Stein, der ins Rollen kommt, von dem man aber nicht weiß, welche Richtung er einschlagen wird. Ich wusste, dass meine Stiefmutter sich eher umbringen würde, als die Schande zuzugeben, dass ich nicht ihre Tochter war. Sie hätte dann ja nicht nur vor mir dafür geradestehen müssen, sondern auch vor meinen Halbgeschwistern, die sie auch angelogen hatte. Ehrlich darüber zu sprechen, hätte nichts besser, alles nur noch schlimmer und komplizierter gemacht. Natürlich kann man behaupten, dass das eine schlechte Ausrede ist, aber das macht sie nicht weniger wahr.

Meine beiden Halbgeschwister müssen es nach dem Tod meines Vaters erfahren haben. Beim Begräbnis hielt mein Schwager noch eine rührende Rede, in der er nur in höchsten Tönen von meinem Vater sprach, dem angeblich besten Schwiegervater der Welt. Als es kurz danach darum ging, wer von uns Kindern was erben würde, bekam ich es plötzlich mit voller Wucht zu spüren. Meine Stiefmutter nahm damals Sohn und Tochter, ihre beiden Lieblinge, zur Seite und klärte sie darüber auf, dass ich nicht ihre wahre Schwester war, sondern nur den gleichen bösen Vater mit ihnen teilte, der ihre arme Mutter vor Jahren betrogen hatte. Ich stelle mir vor, dass die Erzählung ungefähr so gelautet haben muss. Denn von einem Tag auf den anderen waren meine Halbgeschwister, die mich ihr Leben lang immer herzlichst und wärmstens behandelt hatten, wie ausgewechselt. Wenn wir uns sahen, redeten wir kaum noch über unsere Eltern, schon gar nicht über unseren Vater. Der wurde von ihnen plötzlich überall nur schlechtgemacht, selbst mein Schwager, der die Rede für das Begräbnis geschrieben hatte, soll danach immer wieder gesagt haben: »Wer weiß, was der in seinem Leben wirklich getrieben hat.« Nie vor mir natürlich, das habe ich immer nur über fünf andere Ecken erfahren.

Auch mit meinen Halbgeschwistern habe ich bis heute nicht darüber gesprochen. Vielleicht fühlen sie sich wegen ihrer Mutter zum Schweigen verpflichtet, bis jetzt noch, wo sie schon längst nicht mehr am Leben ist.

Manchmal kommen sie mich hier im Heim besuchen und wir plaudern ein bisschen. Aber nie darüber. Sobald die Sprache auf meine Eltern kommt, wechseln sie sofort das Thema. Ich verlange aber auch nichts anderes von ihnen. Was sollen sie schon sagen? Die können so wenig dafür wie ich und könnten mir all die Fragen, die ich habe, ohnehin nicht beantworten.

Was ich wirklich bereue, ist, nie mit meinem Vater darüber gesprochen zu haben. Er war schließlich der Einzige, der mir mehr über die Mutter erzählen konnte, die ich nie hatte. Vielleicht hätte ich dann auch nicht so unter dieser fehlenden Mutterliebe gelitten. Aber: Wer weiß das schon wirklich? Diese Was-wäre-wenn-Spielchen sind doch nur ein verzweifelter Versuch, Fragen zu beantworten, auf die es keine Antworten gibt.

Wie unsere Tochter
zu uns fand

Er ist in Dresden aufgewachsen, in Ostdeutschland. Man merkt es an seinem Dialekt, wenn er »kleener Stöpke« statt »kleiner Bub« sagt. Seine Tochter, erzählt er, ist 46 und hat gerade erst geheiratet. Manche lassen sich wohl mehr Zeit als andere, sagt er. So ganz geheuer ist ihm so eine späte Hochzeit nicht, aber er würde niemals etwas gegen ihre Entscheidung sagen. Zu dankbar ist er, seine Tochter bekommen zu haben.

Aufgeschrieben von: Laura Fischer

Meine Frau habe ich bei der Polizei kennengelernt. Ich bin in der DDR aufgewachsen und musste nach der Schule zur NVA, zur Nationalen Volksarmee. Von dort hat die Polizei Leute angeworben, so bin ich in den Außendienst gekommen. Den Beruf habe ich mir aus Abenteuerlust ausgesucht, und abenteuerlich war er tatsächlich. Das meiste war Papierkrieg, jedes Tierchen braucht sein Papierchen, ne? Hin und wieder hatte ich aber auch Mordfälle und Ähnliches. Sowas ist nicht schön, aber Dienst ist Dienst.

Meine Frau war nicht im Außendienst, sondern in der Statistik im Büro. Und wie das halt so ist bei den jungen Männern, habe ich da schon mal einen Blick auf sie geworfen. Da schätzt man eben erst mal das Äußerliche ab, bevor die inneren Sachen kommen, das mit dem eigentlichen Kennenlernen und so. Ich habe sie dann zum

Eis essen eingeladen oder zum gemeinsamen Spaziergang, ins Kino oder Theater. Alles, was eben ausschlaggebend sein kann, um sich näher kennenzulernen. Nach einer gewissen Zeit hat sich eine Art Zuneigung entwickelt, die hat auf Gegenseitigkeit beruht, und so ist die Liebe entstanden. Nach zwei Jahren, ich sag mal, Bekanntschaft, haben wir geheiratet. Die Liebe hat gehalten. Wie es so schön heißt, in guten wie in schlechten Zeiten.

Wir haben eine Tochter, es hat aber einen Grund, warum sie ein Einzelkind ist. Einen tieferen Grund, muss ich dazu sagen. Meine Frau und ich waren schon acht Jahre verheiratet und hatten immer noch keine Kinder. Es hat einfach nicht funktioniert. Also haben wir uns beide untersuchen lassen, und herausgekommen ist, es ist für uns nicht möglich. Wir wollten aber beide welche haben, nach meiner Auffassung gehören Kinder zur Familie, und auch nach der Auffassung meiner Frau. Also haben wir versucht, ein Kind zu adoptieren.

Ich hätte nicht gedacht, dass der Prozess so langwierig ist. Nachdem wir uns entschieden und bei den entsprechenden Institutionen gemeldet hatten, waren es sicher ein bis zwei Jahre, bis wir die Nachricht bekamen. Da ist jemand, der das Kind zur Adoption freigeben will, haben sie gesagt, und 14 Tage später standen wir in der Klinik. Warum es zur Adoption freigegeben wurde, weiß ich nicht, den Grund bekommt man nicht gesagt. Eigentlich wollten wir es auch gar nicht wissen. Das vierzehntägige Baby hat in der Klinik meine Frau in die Arme genommen, ich hab mich da nicht gleich rangewagt. Wenn man so einen kleinen Erdenbürger sieht, naja, die sind so zerbrechlich. Machst du das alles richtig, hältst du den Kopf und so überhaupt richtig? Zum ersten Mal gehalten habe ich es erst zu Hause, nachdem meine Frau es gewickelt hatte. »Komm«, hat sie gesagt, »nimm es doch auch mal«, und mir gezeigt, wie ich es am besten halte. Plötzlich lag sie in meinen Armen und hat mich angeschaut mit ihren blauen Augen. Eigentlich wollte ich einen Jungen, wie das bei den Männern eben so ist, nicht? Aber in dem Moment war das egal. Ich war einfach nur glücklich, dass wir nun doch 'ne richtige Familie waren.

Wir haben die Kleine Peggy genannt. Vor allem am Anfang haben wir uns so sehr gefreut, aber es hat unser ganzes Leben auf den Kopf gestellt. Wenn man mal so einen kleinen Wurm hat, ist der ganze Ablauf durcheinander. Ein bisschen Vorbereitung war vor dem Kind schon da, aber es ist doch alles neu. Das Schwierigste dabei, ein Kind aufzuziehen, ist sicher, seinen Rhythmus wiederzufinden. Bei mir und meiner Frau sind auch unterschiedliche Vorstellungen aufeinandergeprallt, wie wir sie erziehen, da mussten wir uns erst aufeinander einspielen. Eigentlich haben wir uns immer abgesprochen, aber wie die Kinder so sind, hat sie natürlich manchmal versucht, uns auszutricksen. Sie ist dann zu meiner Frau und hat gefragt: »Mama, darf ich das?« Meine Frau wusste nie, ob ich es schon verboten hatte, oder nicht. »Geh zum Papa und frag ihn, hat der ja gesagt?«, hat sie meistens gemeint. Da haben wir uns gesagt, wenn sie das nächste Mal kommt, sprechen wir uns ab, damit sie uns nicht gegeneinander ausspielt. Kinder machen das ja gerne. Aber wir wollten eine gemeinsame Erziehung.

Dass sie adoptiert ist, haben wir ihr erst relativ spät gesagt. Solange sie nicht fragt, müssen wir das nicht machen, haben wir uns gedacht. Sie hat ja unsere ganze Liebe und Hinwendung bekommen. Aber wenn sie kommen sollte, würden wir ihr schon die Wahrheit sagen. Sie war 14 oder 15, als sie zur Mama ging, davor hat sie nie nachgefragt. Sie hat wohl einfach gerechnet. »Warum bin ich erst acht Jahre nach eurer Hochzeit geboren worden?« Meine Frau ist dann erst mal zu mir gekommen. »Wollen wir es ihr nicht sagen«, hat sie gemeint. »Ist ja besser für sie.« Zu dritt haben wir uns im Wohnzimmer auf die Couch gesetzt und ich habe uns ein Glas Wein eingeschenkt, damit das alles in einer netten und gemütlichen Atmosphäre passiert.

Ich muss sagen, ich war fast ein bisschen erstaunt, wie gut sie darauf reagiert hat. Das hat mir natürlich gefallen, sie hatte ja eine gute Kindheit bei uns. Wirklich überrascht war sie nicht, sie kann ja rechnen. »Ich hab es mir beinahe gedacht«, hat sie gesagt. Sie war sich ihrer Sache nur nicht hundertprozentig sicher. »Ich bin eure Tochter und das werde ich immer bleiben. Da mich die anderen nicht haben wollten, seid ihr meine Eltern«, hat sie dann noch gesagt, und ich war sehr froh darüber. Geholfen hat auch, dass sie nie gefragt hat, wer ihre leiblichen Eltern sind. Hätte auch nichts gebracht, sie hat sie ja nie gesehen. Für mich und meine Frau hat es jedenfalls nie eine Rolle gespielt.

Begegnung

Ursula sitzt in ihrem Rollstuhl und drückt sich mit den Füßen nach hinten entlang des Flures, um zu ihrem Zimmer zu kommen. Das funktioniert so am besten, sagt sie, außer, dass manche Heimbewohner sich darüber ärgern, wenn sie sie im Vorbeifahren unabsichtlich streift. »Fahren Sie normal!«, rufen sie ihr dann zu. Seit drei Jahren lebt sie hier im Altersheim in Horn. Dieses Jahr wird sie 85.

Aufgeschrieben von: Marija Barisic

Ich rede gar nicht mehr mit den Frauen da drüben am Tisch. Die sind alle dement und vergessen nach einer halben Stunde, was sie zu Mittag gegessen haben. Beim Essen wird nur noch sinnloses Zeug durcheinandergeredet, damit kann ich nichts anfangen. Manchmal, wenn mir das alles hier zu viel wird, zieh' ich mich zurück in mein Zimmer und erinner' mich an den Herrn Johann.

Der saß beim Essen immer neben mir am Tisch, war ein sehr intelligenter Mann, der die ganze Welt bereist und immer viel zu erzählen hatte. Wir verstanden uns sehr gut und plauderten stundenlang über seine Reisen, Gott und die Welt. Die Frauen am Tisch schauten immer wieder zu uns herüber, begannen zu tuscheln und stellten die absurdesten Vermutungen über uns auf. Das war uns egal, wir hatten eine gute Zeit und waren niemandem Rechenschaft schuldig.

Jeden Abend, wenn ich ins Bett musste, begleitete er mich noch ins Zimmer, führte mich zum Waschbecken und nahm mein Hörgerät für mich ab. Dann legte er meine Hand in seine, drückte sie ganz leicht und ist zurück in sein Bett. Irgendwann konnte er nicht mehr aufstehen, so schwach war er wegen der Chemotherapie. Der Arme hatte Prostatakrebs, wurde stark bestrahlt und immer schwächer und schwächer, bis ihn der Krebs ganz ans Bett fesselte.

Jeden zweiten Tag fuhr ich mit meinem Rollstuhl zu ihm herein und erzählte ihm, was es Neues gab. Ich glaube, er hat sich sehr darüber gefreut – im Gespräch mit anderen Menschen vergisst man am schnellsten, dass man alt und krank und der Tod nicht weit entfernt ist. Dieses Vergessen tut manchmal richtig gut. »Schauen Sie, dass Sie ein Einzelzimmer kriegen!«, sagte er immer wieder und wieder zu mir. Herr Johann wohnte selbst in einem Einzelzimmer, ich teilte mir meines damals mit einer alten Frau, die gelähmt war und nicht reden konnte. Natürlich war das eine unangenehme Situation, aber ich war ja nicht allein damit. Wir alle, die hier leben, würden wahrscheinlich am liebsten in ein eigenes Zimmer ziehen. Aber so einfach ist das nicht, der Andrang ist zu groß, die Zahl der Einzelzimmer zu klein und die Wartelisten werden immer länger und länger. »Ich komm nicht dran, vor mir auf der Liste sind noch drei andere!«, sagte ich zu ihm. »Sie werden schon was kriegen, Sie werden schon was kriegen«, beruhigte er mich.

Eines Nachts starb er. Die Schwester holte mich und fragte: »Wollen Sie Abschied nehmen?« Ich sagte ja und nahm Abschied. Es tat mir so leid. Obwohl wir uns nur ein halbes Jahr gekannt hatten. Vor seinem Tod hinterließ er mir drei Telefonnummern: Von seiner Schwester, seiner Nichte und seiner Freundin. Und dann sagte er: »Frau Ursula, wenn etwas passiert, achten Sie bitte darauf, dass die drei angerufen werden!« Dafür sorgte ich nach seinem Tod natürlich. Aber ein bisschen unangenehm war es mir dann schon. Kurz bevor er verstarb, lehnte er alle Besuche ab, außer meine. Selbst seine Freundin, die davor regelmäßig aus Tschechien angereist kam, wollte er nicht mehr sehen. Warum, das weiß ich nicht. Ich glaube, er wollte nicht zeigen, wie schlecht es um ihn stand. Am Ende war er furchtbar abgemagert und wirklich kein schöner Anblick mehr.

Zwei Tage nach seinem Tod kam eine Schwester zu mir und fragte: »Wollen Sie das Zimmer haben vom Herrn Johann?« Wie er das geschafft hatte, weiß ich nicht. Ich weiß nur, dass ich gleich hier in sein Zimmer einziehen konnte, nachdem er gestorben war. Und das, obwohl drei andere Personen vor mir auf der Warteliste standen. Irgendwie hatte er dafür gesorgt, dass ich sein Zimmer kriege.

Als ich das erste Mal hier hereinkam, war alles schon geputzt, die Vorhänge gewaschen und das Bett frisch bezogen. Trotzdem roch das gesamte Zimmer nach ihm. Tagelang. Ich hielt es kaum aus. Dann stellte man mir so einen Luftverbesserer hierher, der nicht half, und so hielt ich Tag und Nacht das Fenster offen, um diesen Geruch herauszukriegen.

Er muss mich sehr gemocht haben, der Herr Johann, das ist mir schon klar. Aber erst im Nachhinein, währenddessen dachte ich seltsamerweise gar nicht daran. Es gehört ja ein gewisses Selbstbewusstsein und ein Mut dazu, in meinem Alter noch so weit zu denken, dass man jemandem gefallen könnte. Und für besonders mutig halte ich mich nicht. Erst als er tot war, fiel mir plötzlich auf, wie er mich immer angesehen hatte. So tiefgründig irgendwie. Einmal, er lag in seinem Bett und ich saß vor ihm in meinem Rollstuhl, sah er mich ganz lange an und sagte dann zu mir: »Frau Ursula, Sie haben so schöne schwarze Augen.« An diesen Moment muss ich immer mal wieder denken, wenn meine Gedanken abschweifen und zufällig bei ihm landen. Dann denke ich mir: »Der Herr Johann, der war schon irgendwie charmant.«

Die kalte Ehe

»Ich war immer schon kuschelbedürftig, nicht nur im Bett«,
sagt sie. »Hand halten, umarmen, oder bisschen streicheln
ist, was ich brauche. Dabei sind Liebe und Nähe das, was
mir im Leben immer gefehlt hat.«

Aufgeschrieben von: Laura Fischer

Als ich zur Welt kam, waren schon drei Kinder da, die nichts zu essen hatten. Meine Mutter war 45, ausgelaugt, eine alte Frau. Als ich drei war, starb mein Vater und ich musste weg. Unsere Tante Leni hat in Mitterndorf, einem Ort 15 Kilometer entfernt, gewohnt. Sie hatte noch keine Kinder, also hätte sie als Telefonistin in den Krieg einrücken müssen. Deshalb nahm sie mich zu sich. Aufgezogen hat mich aber nicht meine Tante Leni, sondern ihre Mutter, meine Großtante. Sie war meine Bezugsperson, sie war die Erste, die mich genommen und an sich gedrückt hat. »Mei Christi«, hat sie immer zu mir gesagt. Zu Hause habe ich immer nur »heast Mensch[2]« gehört. Die fünf Jahre bei ihr waren die schönsten meines Lebens.

Als ich acht war, kam der Mann der Tante Leni aus dem Krieg zurück. Als sie schwanger wurde, wusste ich sofort, ich muss gehen. Dieses Kind würde mich ersetzen. Als das Kind dann auf der Welt war, ist die Tante Leni sogar ein paar Mal eifersüchtig geworden, weil mich die Großtante lieber mochte. »Du schaust mehr auf das Mensch als auf mein Kind, die ist eh schon groß«, schimpfte sie

---

2   Österreichischer Dialekt für Mädchen

die Großtante mal. Also kam ich wieder zu meiner Mutter. Das war furchtbar. Als ich heimkam, traf ich meinen Bruder, mit einem Buch in der Hand. Als er mich sah, haute er mir erst mal das Buch über den Schädel und sagte:»Mein Gott, was tust du hier? Wir haben eh schon nichts zu fressen, jetzt hamma noch an Fresser mehr.« Es sind solche Episoden, die so tief sitzen, dass ich sie nie vergessen konnte.

Für eine Mutter muss es schrecklich sein, wenn das eigene Kind kommt und sagt:»Mama, ich hab Hunger«, und sie ihm nichts geben kann. Unsere Mutter konnte aus allem etwas zaubern, sei es Grießbrei oder etwas aus Kartoffeln. Trotzdem musste ich schon mit zwölf zu einem Bauern zum Stallausmisten, damit wir etwas zu essen haben. Natürlich haben wir alle geschaut, dass wir einen Partner finden, damit wir von zu Hause wegkommen. Ich war 17, als ich meinen Mann kennenlernte. Mein Bruder kannte seine Familie, er ging mit seiner Schwester aus, also kannte er auch seinen Vater.»Heast, überleg dir das, was, wenn der nach seinem Vater kommt?«, sagte mein Bruder mal zu mir.

Bevor er in den Krieg musste, war sein Vater ein vorzüglicher Mensch, erzählte mein Mann. Dann musste er ins Bergwerk. Vor dem Krieg hatte er nie etwas getrunken, aber den Sliwowitz, den sie ihm dort statt Essen gegeben haben, holte er in sein Leben nach dem Krieg. Die Wohnung, in der er mit seiner Frau und acht Kindern lebte, war ein ebenerdiges Zimmer mit Küche. Wenn er abends betrunken heimkam und wieder einen Anfall hatte, mussten neun Leute aus dem Fenster springen, sonst hätten seine Fäuste und manchmal auch sein Messer die Frau und die Kinder erwischt. Wenn er mich besuchen kam, hatte er oft nur eine Socke an. Er hatte es nicht mehr geschafft, sich fertig anzuziehen, bevor er beim Fenster raus war.

Gegen mich war mein Schwiegervater aber nie gewalttätig, er hat immer gesagt, ich bin seine liebste Schwiegertochter. Ich war eine, die ihm alles ins Gesicht gesagt hat. Aber das machte ihm nichts aus. Einmal sagte ich zu ihm: »Du bist es nicht wert, dass man dich Vater nennt.« Da wurde er still, setzte sich hin und sagte: »Hast eh recht.« Ich hörte nicht auf meinen Bruder, im Gegenteil, die Liebe zu meinem Mann wurde nur noch stärker. Was der alles mitgemacht hat, dachte ich mir.

Drei Monate, nachdem ich meinen Mann kennenlernte, starb meine Mutter. Natürlich trauerte ich, aber ich hatte ja noch die Großtante. Sogar als ich schon meine zwei Kinder hatte, fuhr ich sie oft besuchen. Immer, wenn ich Heimweh nach Mitterndorf hatte, packte ich die Kinder aufs Rad, eins vorne, eins hinten, und fuhr los. Wenn ich die Ortstafel sah, Mitterndorf an der Fischa, war es jedes Mal, als hätte mir jemand einen Stein vom Herzen genommen.

Als die Großtante ins Krankenhaus kam, war ich sie regelmäßig besuchen, auch wenn es umständlich war. Ich fuhr mit dem Rad zum Bahnhof und von dort mit dem Zug ins Krankenhaus, und die Kinder musste ich auch irgendwo unterbringen. Meine Nachbarin hatte einen Topf, in dem man Essen warmhalten konnte, in dem habe ich ihr eine Hendlsuppe mit Knödeln gemacht, zum Kräftigen, und fuhr damit ins Spital. Aber als ich einmal ankam, war das Bett leer. Ich fragte die Schwestern noch: »Wo ist denn die Frau Suchanek?« »Die ist gestern gestorben«, kam zurück. Ich fing auf der Stelle an zu weinen. Meine Mutter war mir auch am Herzen gelegen, aber als meine Großtante starb, war das die schlimmste Trauer meines Lebens.

Von da an war die Liebe weg. Mit 22 heiratete ich meinen Mann, zusammen hatten wir einen Sohn und eine Tochter, aber es war keine schöne Ehe, muss ich sagen. Eher im Gegenteil, eigentlich war es die Hölle. Wenn man verliebt ist, übersieht man viele Sachen, bei denen ich mir jetzt denke, mein Gott. Gewalttätig wurde mein Mann nie, aber er war ein kalter Mensch. Ich brauchte Nähe, aber er konnte sie mir nicht geben. Was er sagte, war Gesetz, und wenn etwas schiefging, war immer ich schuld.

Vor der Ehe hatte ich in einer Gummifabrik gearbeitet. Mit vierzehn brach ich die Schule ab. Am Samstag war ich raus aus der Schule und am Montag stand ich schon in der Fabrik. Als ich die Kinder bekam, hörte ich auf zu arbeiten. Meinem Mann hatte die Mutter das Geld unter dem Kopfpolster weggestohlen, weil der Vater alles versoffen hatte. Also musste er auch in die Fabrik und konnte nichts Anständiges lernen. Das Geld war immer knapp und wenn die Kinder mal die Strumpfhosen zerrissen, schrie er gleich herum. Als meine Tochter Silvia elf und Hubert sechs Jahre alt waren, fing ich deshalb wieder in einer Gummifabrik an. Plötzlich verdiente ich mein eigenes Geld. Ich fühlte mich gleich viel selbstständiger. Also ließ ich mich mit Ende zwanzig, da war Hubert gerade acht oder neun, scheiden. Mit den Kindern zog ich aus unserem gemeinsamen Haus aus und mietete mir eine Wohnung im Nachbarort.

In der Gummifabrik lernte ich nach der Scheidung wieder jemanden kennen. Am Anfang war es ein Rausch. Eine Beziehung ist am Anfang immer schön und aufregend. Es war neu und ich dachte, da war die Liebe, die ich brauchte. Einmal war er zusammen mit mir und den Kindern spazieren. »Mutti, ich möchte ein Eis haben«, hat Hubert gesagt. »Jetzt nicht«, antwortete ich, aber er quengelte weiter. »Der Huber Herbert geht jetzt in den Eissalon, darf ich mitgehen, darf ich ein Eis haben?«, versuchte er mich zu überzeugen. Da meinte der neue Mann: »Ich könnte ihm eine reinhauen. Wenn er eh schon ein Nein hört!« Dabei war Hubert eigentlich so ein braver Bub. Ich blieb sofort stehen. An Ort und Stelle sagte ich ihm: »Heast, du hast gewusst, ich habe zwei Kinder. Wenn wir länger zusammenbleiben, wird mir der Bub bei deiner Art noch nervenkrank. Pack deine Sachen und fahr heim.« Da konnte ich es. Nur bei meinem Mann habe ich es nicht zusammengebracht.

Nach der Scheidung kam mein Mann die Kinder oft besuchen. Wenn ich arbeiten war, fuhr er mit dem Motorrad zu uns. Aber in die Wohnung kommt er mir nicht rein, habe ich immer gesagt. Dann wurde es Winter.

»Ganz weiß war der Papa heute vom Raureif«, sagte Hubert einmal zu mir. Er hing immer besonders an seinem Vater. »Kann er nicht rein?«, fragte Silvie. »Es ist doch so kalt.« Also sagte ich: »Na gut, machst ihm halt einen Kaffee.« Da war mein Mann zum ersten Mal in meiner neuen Wohnung. Es war gerade kurz vor Weihnachten, es wäre die erste Bescherung getrennt voneinander gewesen, also fragte mein Mann, ob er einen der Feiertage mit den Kindern verbringen könnte. Was wir zwei Alten miteinander zu tun haben, hat mit den Kindern nichts zu tun, dachte ich mir, ich schimpfte auch nie über ihren Vater. Also sagte ich: »Gerne.«

Am Heiligen Abend, die Kinder und ich lagen noch im Bett, da klopfte es um drei viertel acht in der Früh an der Tür. Wer das wohl ist, so zeitig? Ich machte die Tür auf, und vor der Tür stand, wie ein Schneemann, mein Mann. Das Wetter war furchtbar, kalt und verschneit, und ich hatte noch nicht einmal eingeheizt, und um acht stand er schon da. »Warte, ich heize gleich ein«, sagte er und kam herein. Bei uns zu Hause war immer er der Heizer gewesen. »Hast du eh schon einen Christbaum?«, fragte er mich. Natürlich hatte ich einen. An dem hatte er aber sofort etwas auszusetzen, da fehlt ein Ast, da fehlt dies, da fehlt das. »Na, soll ich den Baum aufputzen?«, fragte er. »Naja, ja, wie immer«, sagte ich, die Kinder waren ja nichts anderes gewöhnt. Früher hatte mein Mann sich immer um den Christbaum gekümmert und ich habe dann die Packerl druntergelegt. Wir hatten ja auch eine schöne Zeit miteinander, es ist ja nicht so, dass es immer nur Zores gab. Am Tag davor, als ich in der Nacht alles alleine vorbereitet hatte, waren bei mir schon die Tränen geflossen.

Wir hatten die Tradition, dass es am Heiligen Abend gebackenen Fisch und Kartoffelsalat gab. Um fünf war Bescherung, und später gab es nochmal warmes Geselchtes mit einem Ei dazu. Nach dem Essen saßen wir dann da, es war schon halb neun, also fragte ich meinen Mann: »Na, musst du nicht heimfahren?« Draußen wehte der Wind, es war kalt und dunkel, und er hatte 18 Kilometer mit dem Motorrad vor sich. Natürlich hat mein Bub gesagt: »Papa, bleib da, bleib da.« Mein Mann sah mich an, was ich dazu sage. Dumm, wie ich war, sagte ich: »Na, dann bleibst du halt da.« Plötzlich stand er auf, ging in den Keller und holte eine Reisetasche herauf. Keine Ahnung, wann er die dort versteckt hatte. In der Tasche war sein Pyjama, er hatte alles schon eingepackt gehabt, in der Hoffnung, dass er bleiben durfte. Er blieb über Nacht. Drei Jahre später, ich war längst wieder zurück, bauten wir an unserem gemeinsamen Haus zwei Kinderzimmer an.

Als ich ausgezogen war, hatte ich auf das Haus verzichtet, als ich zurückkam, musste ich deshalb ein Dokument von der Gemeinde ausfüllen. Natürlich unterschrieb ich als Ehepartnerin, aber da sagte man mir, wenn wir nicht nochmal heiraten, ist das Urkundenfälschung. Schon die erste Hochzeit war bei uns in der Küche gewesen, ein bisschen Aufschnitt kam auf den Küchentisch und Gebackenes, nur das, was ich selbst gemacht hatte. Das zweite Mal war überhaupt nur am Standesamt, die meisten erfuhren davon gar nichts.

Nach der zweiten Hochzeit war es wieder Krieg und Frieden. Wir konnten nicht miteinander und nicht ohne. Als ich 49 war, sagte er mir, er liebt mich nicht mehr. »Geh weg, ich will dich nicht mehr«, sagte er. Schon davor durfte ich nicht mehr zu ihm gehen oder seine Hand nehmen. Er zog selbst auch immer wieder aus, aber ich nahm ihn jedes Mal zurück. Wir stritten über alles und nichts, und jedes Mal packte er seine Sachen und ging. Wenn er schlecht aufgelegt war, hat er tagelang nicht geredet. Es war die Hölle. Ich habe mir oft überlegt, mich nochmal scheiden zu lassen. Ich weiß nicht, warum ich es nicht getan habe. Bis zum heutigen Tag muss ich sagen, auch wenn ich so viel mitgemacht habe, liebe ich ihn noch immer. Wenn mir jemand sagt, ich bin dumm, muss ich ihm sagen, er hat Recht.

Erst als ich Rückenmarkkrebs bekam, kümmerte sich mein Mann wieder um mich. Damals hat er mich wirklich gepflegt. So lange, bis vor zwei Jahren das neue Gesetz herauskam, dass er und die Kinder nichts für das Heim zahlen müssen und auch nicht auf das Haus zurückgegriffen wird. Im Jänner erschien das Gesetz, im März war ich hier. Ein paar Wochen kam er noch und brachte mir ein paar Sachen. Dann nicht mehr. Er rief weder an, noch ließ er sonst von sich hören. Jetzt schieb ich die Alte ab, jetzt geht der Spaß los, dachte er sich wohl, und kaufte ein neues teures Auto. Nach ein paar Kilometern fuhr er das Auto in einen zweieinhalb Meter tiefen

Graben hinein, Totalschaden. Dann bekam er Lymphknotenkrebs. Das Auto war weg, das Geld war weg. Wäre ich daheim geblieben, wäre sicher ich schuld gewesen. Wenn irgendetwas war, war immer ich schuld. Das war so, und ich glaube, das wird immer so bleiben. Meine Tochter hatte die Frechheit, mich zu fragen, ob ich nicht wieder zurückkommen will. Dabei war sie die Erste, die wollte, dass ich ins Heim komme, sie war ja so ein Papakind. Ich habe Nein gesagt. Wenn ich nach Hause gehen würde, wäre er so kalt wie immer. Eigentlich habe ich schon sehr Heimweh. Ich liebe meinen Mann. Aber ich bin draufgekommen, dass ich hier Liebe gefunden habe. Keine körperliche Liebe, aber die Leute sind lieb zu mir. Hier gibt es Schwestern, die ich richtig gern mag. Die wissen schon, wie das bei mir ist, die sagen dann zu mir: »Na, komm her«, und umarmen mich. Hier fühle ich mich geborgen. Hier darf ich im Bett liegen, wenn ich wegen meiner schlechten Füße ausgestreckt liegen will. Wo meine Tochter zu mir sagt, ich bin faul, sagen die Schwestern: »Mach ruhig, wenn dir das guttut.« Wenn ich ehrlich bin, bin ich hierher zum Sterben gekommen. Aber die haben mich hier so wiederhergestellt, dass ich jetzt hier sitze.

Nach dem Gespräch begegnet die Dame einer Pflegerin am Gang. Die Pflegerin lächelt, breitet die Arme aus und drückt sie an sich. Die Dame schließt die Arme um die Pflegerin, schließt die Augen und lässt sich fallen.

Die Entscheidung

Sie ist beinahe 92, ihr ganzes Leben war geprägt von der Kunst. Sie selbst war aber nicht so talentiert, meint sie. Sie habe sich nur um das Atelier ihres Mannes gekümmert. Am Ende des Gesprächs zeigt sie mir ein Buch mit den Zeichnungen ihres Mannes. Ihre Kinder sind darin verewigt und Skizzen von ihr als junge Frau. »Sie können es haben«, sagt sie und legt es mir in die Hände.

Aufgeschrieben von: Laura Fischer

Gekannt habe ich ihn schon immer. Die Familie Kausz hat vis à vis meiner Tante gewohnt, meine Cousine zweiten Grades hat seinen Bruder geheiratet. Er war zehn Jahre älter und schon mit der Ausbildung zum Lehrer fertig. Wenn ich bei ihnen zu Hause war, war er für mich der Herr Lehrer. Dann kam der Krieg.

Daheim hieß es immer: »Kind, was da geredet wird, darf nicht hinaus. Sag ja nirgends irgendwas.« Ich musste zum BDM, dem Bund Deutscher Mädel, und als ich einmal sagte, ich gehe nicht hin, musste mein Vater gleich zum Bezirkshauptmann. Das war unser Nachbar, und als wir wieder zu Hause waren, senkte er die Stimme und sagte: »Ich bitte euch. Machts des. Ich darf ja ned anders.« Er musste sich der Sache genauso beugen.

Erfahren habe ich erst was los war, als der Krieg vorbei war, da war ich 18. Als die Russen immer näherkamen, trieben sie eine ganze Kolonne KZ-Insassen durch unser Dorf. Die waren nur noch Haut und Knochen. Meine Mutter war gerade einkaufen. Als sie sie sah, rannte sie nach Hause und sagte: »Kind, zieh den Mantel an, hier hast an Striezel, geh hin und pass auf, dass dich keiner sieht. Gib ihnen den Striezel.« Das habe ich gemacht. Aber den Anblick kann sich kein Mensch vorstellen. Meiner Mutter kamen die Tränen und mir auch, als ich heimkam. Der größte Schrecken begann aber erst, als der Krieg vorbei war. Als wir Mädchen uns vor den Russen verstecken mussten. Sie kamen überall hinein, plünderten und suchten Mädchen. Mein Papa sagte zu den Mädchen in unserer Gasse: »Ihr kommt alle zu uns.« Zu dritt wurden wir bei uns eine Woche im Klo versteckt, mit ein paar Matratzen darin. Wir hatten eine Küchentür, die ins Bad und Klo geführt hat. Meine Eltern schoben einen Kasten vor die Tür und fütterten uns Kinder durch die Speisekammer, wo ein kleines Fenster ins Klo führte.

Von unseren Leuten gab es etliche im Dorf, die sagten, dort sind die Mädchen. Also kamen sie zu uns und fragten: »Wo sind sie? Da müssten Mädchen sein.« Aber sie fanden uns nicht. Also verschleppten sie meinen Vater. Wir dachten, wir sehen ihn nie wieder. Sie nahmen ihn mit, schlugen ihn und ließen ihn irgendwo zwischen zwei Ortschaften liegen. Von dort kam er zu Fuß nach Hause, das war ein Elend. Er war ganz blau und blutig. Aber wir waren froh, dass wir wieder alle beisammen waren.

Dann bekamen wir eine Einquartierung, mindestens zwei oder drei Russen. »Um Gottes Willen, du kannst hier bei uns ned bleiben. Das ist viel zu gefährlich«, sagten meine Eltern. »Fahr nach Neusiedl zur Tante.« Mein Vater war Eisenbahner, er fand heraus, bis wohin der Zug fuhr. Den Rest bis zum Ort meiner Tante musste ich zu Fuß gehen. »Kind, bleib ja auf den Schienen«, warnte mein

Vater mich noch, die Orte waren ja auch alle besetzt. Als ich zur Tante kam, schlug sie die Hände über dem Kopf zusammen. »Um Gottes Willen, was mach ma mit dir?« Der ganze Vorderteil des Hauses war bei ihr auch mit Russen besetzt. »Du musst zur Lisi Tant gehen«, sagte sie. Auf dem Dachboden der Tante Lisi konnte ich schließlich bleiben, auf einem Strohsack, auf dem man zu zweit liegen konnte.

Auf dem Bauernhof der Tante lernte ich zu arbeiten. »Komm nur her Kleine, das kannst du schon machen«, sagte sie immer. Der Hof hatte fünf Pferde im Stall, Rindvieh, Ziegen, es gab einen Schweinestall und einen großen Garten. Und alles musste sauber sein. Immer wurde alles geputzt, man hätte sich überall auf dem Hof hinsetzen können. Die Tante spannte mich für alles ein, Ribiseln pflücken, Kirschen vom Baum holen oder im Weingarten mithelfen. Wir hatten fünf Weingärten, das waren noch Stockkulturen. Bis wir auch nur mit der ersten Fraktion fertig waren… »Ich zünde die Weingärten an«, dachte ich mir. »Ich halte das nicht mehr aus, ich zünde sie an.«

Heimfahren durfte ich lange nicht. Meine Mutter kam oft zu uns und erzählte, dass der Offizier bei uns zu Hause immer fragte: »Na wo haben S' Ihre Tochter? Sie haben doch eine?« Es war die richtige Entscheidung, sagte meine Mutter. Dabei waren auch sympathische Leute darunter. Unter den Russen im Ort war ein junger Arzt, der uns oft besuchte und mit uns plauderte, der war hochanständig. Aber beim Großteil wusste man nie, woran man ist. Etliche junge Frauen verschwanden damals. Eine Bekannte von uns, sie war Fleischhackerin, war plötzlich einfach weg. Zum Glück gab es solche Damen, die mit den Russen verkehrten. Von denen gab es genug, für die anderen war das ein Glücksfall.

Meine Tante wollte eine Bäuerin aus mir machen. Sie hatte keine Kinder, also wollte sie mich mit dem Neffen ihres Mannes zusammentun. Er war drei Jahre älter als ich und verehrte mich. Aber für mich war er wie ein Bruder oder ein Cousin. Als sie mir sagten, ich werde ihn heiraten, meinte ich darauf: »Den werd' ich sicher nie heiraten! Überhaupt werd' ich bestimmt keine Bäuerin!« Das hat mir der Cousin nie verziehen.

Zwei Jahre lang war ich wegen meiner Tante in der Hauswirtschaftsschule, aber mit 18 sagte ich, ich habe genug. »Jetzt ist es aus. Jetzt mach ich, was ich will.« Mein Vater sah das ein und sorgte dafür, dass ich ein Quartier in Wien bekam, damit ich dort in die Maturaschule gehen konnte. Ich bekam ein Bett bei den Sacre Coeur-Schwestern, in einem Zimmer mit zwei Niederösterreicherinnen. In dem Heim konnten wir schlafen und wurden verköstigt. Nach dem Krieg war das eine ganz komische Kost, hauptsächlich Kartoffeln oder Maisbrei. Aber wir bekamen immer Frühstück, Mittagessen und Nachtmahl, die Schwestern kochten gut und wir waren immer satt.

In Wien lernte ich die Kunst kennen. Schon seit der Hauptschule begeisterte ich mich dafür, ich hatte eine Fachlehrerin für Deutsch und Geschichte, die uns alles über Kunst beibrachte. Meine erste Oper war die Carmen, mit 18. Meine Kolleginnen im Wohnheim besorgten die Karten, ich musste nur pünktlich raufkommen. Wir sahen sie in der Volksoper, die große Oper war vom Krieg noch beschädigt. Bis heute habe ich die Carmen am liebsten. Von da an ging ich viel ins Theater. Meine Kolleginnen und ich kauften uns immer Stehplätze für die Nachmittagsvorstellung im Burgtheater, das wegen des Krieges im Ronacher gastierte, oder für die Oper, die im Theater an der Wien war. Wir sahen alle Theatergrößen spielen.

Mein Vater hat immer zu mir gesagt: »Kind, lass dir nichts gefallen.« »Papa, du brauchst keine Angst haben. Du weißt, jetzt mache ich erst mal die Matura«, sagte ich zu ihm. Danach wollte ich studieren. Um nichts in der Welt wäre ich Bäuerin geworden. Das war 1946. Dann kam der Kausz, der Professor von gegenüber nach Hause.

Sechs Jahre hatte er in Russland verbracht, an der Front und später in Kriegsgefangenschaft. Er war sehr gläubig, waren wir beide, sonst hätte er das wohl nicht überlebt. Als alles begann und er die ersten Toten sah, konnte er eine Woche nicht essen, erzählte er. Als er einmal an einer Reihe aufgestellter Kreuze vorbeiritt, stach ihm eines ins Auge. Er stieg ab und ging durch die Reihen an Kreuzen. Das Kreuz, welches ihn angehalten hatte? Es war das Grab eines Jahrgangskollegen. Des Bauernsohnes von gegenüber, der mit ihm in die Volksschule gegangen war.

Mit sehr viel Glück überlebte er. Momente, in denen sie eingekesselt 14 Tage ohne Nahrung warten mussten, bis Panzer kamen und sie befreiten. Die langen Jahre der Kriegsgefangenschaft. Einmal tauschte er den Heimaturlaub mit seinem Vorgesetzten, weil dieser später fahren und dann Weihnachten zu Hause sein wollte. Er war gerade auf dem Weg nach Hause, da kam schon die Nachricht, Stalingrad sei zu. Er hatte es gerade so heraus geschafft. Am Ende wurde er schwer verwundet mit einem Krankentransport zurückgeflogen. Als ich das erste Mal wieder zu Besuch bei der Familie Kausz war und er mich sah, sagte er sofort: »Sag nicht Herr Lehrer zu mir. Jetzt bin ich der Rudi.«

Rudi und ich waren Teil einer Gruppe junger Leute, die immer zusammen unterwegs war. Er war oft bei uns zu Besuch, irgendwann kam er aber immer öfter allein. Die Tante schmunzelte schon ganz hinterhältig, wenn er wieder einmal vor der Tür stand. Mit ihm konnte ich mich über alles unterhalten, auch über die Maturaschule. In Mathematik war ich schlecht, da kam ich immer gerade so durch, also ging er den Stoff mit mir durch. Er konnte es so toll erklären, obwohl er eigentlich Kunst und Zeichnen unterrichtete. Dass er so viel älter war, störte mich gar nicht, Buben in meinem Alter habe ich nie ernst genommen. In der Maturaschule gab es zwei, die mich immer nach Hause begleiteten, liebe Buben. Der eine war Mathematiker, er hat mir auch immer viel erklärt, aber für mich war das alles nur freundschaftlich. Verliebt habe ich mich nur in Rudi, meinen hartnäckigsten Verehrer.

»Wozu musst du eigentlich die Matura machen?«, fragte er mich damals. Ich hätte nur noch ein Jahr gebraucht, danach wollte ich Kunstgeschichte studieren. Als ich es meinem Vater erzählte, sagte er: »Kind, überleg dir des. Du bist in Wien, er muss hier unterrichten, am Wochenende kommst du sowieso heim. Probier' es mal so.« So versuchte ich es zuerst, und eine Zeit lang sahen wir uns immer am Wochenende. So lange, bis er einmal sagte: »Weißt du was? Ich wünsche mir zu meinem Geburtstag, dass wir heiraten.« Ich war hin- und hergerissen. Sollte ich heiraten oder die Schule fertig machen? »Wozu brauchst du eine Matura?«, sagte Rudi. »Schau. Wenn du wirklich später noch was machen willst, dann kannst es als Gasthörer machen.« »Wie soll ich das als Gasthörer machen?«, fragte ich. Ich wusste, das würde nicht funktionieren. Bestimmt nicht.

Als wir allen eröffneten, dass wir heiraten, machten sie einen großen Hopser, meine Eltern und die Tante. Wir zogen dann wieder auf den Bauernhof, denn wo hätten wir sonst wohnen sollen? Er unterrichtete weiter bei uns im Ort, und ich half am Hof aus. Mein Mann brachte dann noch einen Weinstock nach Hause. Da habe ich aber gesagt, der kommt auf Draht, das wird nicht noch eine aufwendige Stockkultur. Die Weingärten würde ich heute noch am liebsten anzünden.

Bald wurde ich schwanger, aber die Kunst blieb präsent in meinem Leben. Als ich meinen ersten Sohn bekam, besuchte mich meine Klassenvorsteherin von früher, die, die mir so viel über Kunst beigebracht hatte. Zusammen waren wir oft spazieren und sie schob den Kinderwagen. Als ich mit dem dritten Kind hochschwanger war, ging ich mit Freunden in Wien in ein Café gegenüber der Oper. Da wurde sie gerade eröffnet, also habe ich gesagt, ich gehe hinüber. »Was willst du denn da?«, fragte einer von ihnen. »Ich geh fragen, vielleicht krieg ich einen Stehplatz.« Da regten sie sich sofort auf. »Was? Was wird denn der Rudi sagen?« Dabei hätte ich ihm das gar nicht erzählt, ich hätte mir einfach eine Karte gekauft. Als Rudi es dann erfuhr, sagte er natürlich: »Du glaubst, ich hätte dich gehen lassen? Mit dem Bauch? Wo denkst du hin!« Ich war so schwanger, dass ich schon beim Arzt im Ort zur Geburt angemeldet war. Aber so war ich. Mein Theater hätte ich mir nicht nehmen lassen.

Mein Mann liebte die Kunst genauso wie ich. Als Lehrer hatte er ein Vorbereitungsheft für die Schule. Als ich einmal sah, was er da für Zeichnung drin hatte, war ich ganz begeistert. »Wart', ich bring dir was«, sagte mein Schwiegervater da zu mir. Am nächsten Tag kam er mit einer ganzen Mappe vom Dachboden, mit Malereien, die mein Mann in der Schule gemacht hatte. Die habe ich alle eingerahmt. Als wir wegen seiner Arbeit nach Graz zogen, stattete ich die ganze Wohnung mit Kausz-Bildern aus.

In Graz lebten wir beide mit unseren drei Buben fünf Minuten von der Uni entfernt. Natürlich habe ich mich nie reingesetzt, ich musste ja für die Familie da sein. Was glauben Sie, wie viel Arbeit drei Söhne und ein Mann sind. Ihm habe ich das damals auch gesagt. Er hat nur gemeint: »Du kannst ja eh hingehen.« Aber die Zeit! »Ihr wollts alles haben und alles soll so sein, wie ihr Herren euch das vorstellt«, habe ich gesagt. Wann hätte ich da noch an die Uni gehen sollen? Mein Mann war auch noch so verwöhnt, er hat nie im Haushalt geholfen. Er war der jüngste von fünf Kindern, die Schwester hat noch zu Hause gelebt, dazu ein Dienstmädchen und er war der Liebling der Mutter. Nicht einmal eine Eierspeise konnte er allein machen, wenn ich einmal weggefahren bin. Ich hätte ihn nie mit den Kindern alleinlassen können.

Die Wohnung hatte 130 Quadratmeter und einen Garten. Neben dem Beruf ging mein Mann in die Kunstakademie, also brauchte er ein Atelier. Das waren nochmal siebzig Quadratmeter mehr. All das war zu betreuen und hat funktionieren müssen. Wenn meine Eltern mal zu Besuch kamen, habe ich mich immer schon gefreut, weil meine Mutter mir immer half. Mein Vater auch, das war bei uns daheim so. Er hat zwar nicht kochen können, aber er hat meiner Mutter immer geholfen. Meine Söhne machen das jetzt auch, mein Ältester hilft immer beim Abräumen bei sich zu Hause.

Ich habe drei Söhne durch die Matura gebracht, jeder hat einen anständigen Beruf. In der Schule musste ich bei den Kindern alles machen, bei meinem Mann haben die Lehrer immer gesagt, aha, der

Herr Kollege. Die Kinder hingen aber sehr an ihrem Vater. Wenn er Zeit hatte, unternahm er viel mit ihnen, oft saßen sie bei ihm im Atelier, er hat gearbeitet und sie haben mit ihm geplaudert. Die Kinder waren ja neugierig. Mir erzählte er mehr vom Krieg als ihnen. Wir wollten, dass sie glücklich aufwachsen, aber sie haben immer gefragt, also erzählte er ihnen eines Winters alles, was sie wissen wollten. Als er fertig war, fragte der größte: »Aber Vati, warum bist du zu diesem Verein gegangen?«

Auch in Graz fuhren wir immer wieder in die Oper. Wegen der Kunst meines Mannes reisten wir oft ins Ausland zu allen Ausgrabungen und Gebäuden. Ich wollte immer Katharinas Galerie in St. Petersburg sehen. Gelesen habe ich auch so gerne. Im Bett habe ich meinen Mann immer gefragt: »Stör ich dich, wenn ich jetzt noch lese?« Aber er sagte: »Schatz, du kannst lesen.« Er hat sich umgedreht und geschlafen. Nur wenn er dann einmal munter wurde und es schon nach Mitternacht war, nahm er mir das Buch weg. Es war ja so viel Arbeit in der Früh, angefangen beim Mann und die Kinder mussten alle in die Schule.

Mein Mann rief mich nie beim Namen, für ihn war ich ewig der Schatz. Als wir die erste größere Einladung in Graz hatten, im Steirerhof, hatte ich auf meiner Tischkarte Schatzi Kausz stehen. Wir waren glücklich, mein Mann und ich. Wir haben alles zusammen besprochen, und wenn ich mal böse war, hatte ich kaum meine Hand am Tisch liegen, da hat er sie schon genommen und gesagt: »Schatz, wir reden nochmal darüber.« Nur dass ich die Matura nicht gemacht habe, das bereue ich bis heute.

Vergebung

*Wie eine Autobahn schleicht er sich durch ihren Körper,
der Krebs, sagt Johanna. Sie ist 73 Jahre alt und liegt mit
zwei Tumoren im St. Barbara Hospiz in Linz. Seit acht Wochen wird sie hier künstlich über eine Magensonde ernährt
und wartet auf ihren Tod. Auf ihrem Grabstein wird eine
Sonnenblume zu sehen sein mit einem Licht in der Mitte.
Das hat sie mit ihrem Mann und ihrer Tochter in den letzten Wochen so vereinbart.*

Aufgeschrieben von: Marija Barisic

Als Kind habe ich die Liebe an ihrer Abwesenheit erkannt. Ich
habe so viele Schläge gekriegt, das kann sich kein Mensch vorstellen. Grün und blau wurde ich geschlagen von meiner Mutter und
meinem Stiefvater, mit Holzscheiteln, den Po in die Höh' gestreckt,
damit ich die Schläge auch ja gut spüre. Schreien durfte ich nicht,
sonst könnten die Nachbarn ja was hören.

Oft hat mich meine Mutter in den Keller geschickt und dort
eingesperrt, davor hat sie mir noch die Haare frisiert und mir eine
Masche um den Kopf gebunden. Das war ganz skurril, fast so, als
hätte sie es genossen, mich plärren zu hören, als wäre das alles nur
ein Spiel für sie. Ich werde die Dunkelheit in diesem Keller und
die große, schwere Luftschutzkellertür nie vergessen, so furchtbare
Angst hatte ich da unten. Zu meiner Mutter habe ich immer wieder
gesagt: »Ich will dort hingehen, wo ich hergekommen bin.« Sie hat
damals nur darüber gelacht und mich als Kind nicht ernst genom-

men. Rückblickend glaube ich, dass sie einfach nie verstanden hat, was ich mit diesem Satz gemeint habe.

Heute würden sie und mein Stiefvater beide im Gefängnis sitzen, damals, in den Jahren nach dem Krieg war das anders. Irgendwann hat ein Nachbar meine Eltern wirklich angezeigt, aber der Arzt, vor dem ich mich nackt ausziehen musste, hat nur dafür gesorgt, dass die Flecken verschwinden, geholfen hat er mir nicht. Der dachte wahrscheinlich: »Irgendwas wird sie schon falsch gemacht haben, die Kleine.« Als wäre ich schuld. Die Sache mit der Schuld ist auch etwas, das mich mein Leben lang verfolgt hat. Wissen Sie, wie lange ich gebraucht habe, um zu verstehen, dass es nicht an mir liegt? Dass ich nichts falsch gemacht habe?

Darüber geredet habe ich damals mit niemandem, mir hätte ja jemand helfen können, dann hätten meine Eltern herausgefunden, dass ich darüber spreche. Aus Verzweiflung oder einem irren Abwehrmechanismus heraus habe ich irgendwann damit begonnen, mir täglich selbst zu gratulieren, dass ich einen weiteren Tag ausgehalten habe, ohne es jemandem zu erzählen. Fast so, als wäre das Schweigen ein Beweis für meine eigene Stärke. Andererseits habe ich mich so geniert, ich wollte nicht, dass irgendwer aus Mitleid mit mir befreundet ist. Freundschaften waren damals der Beweis dafür, dass es wirklich nicht an mir liegen konnte. Es waren ja Menschen, die mich freiwillig in ihrem Leben wollten. Deswegen sage ich immer: Die Liebe ist von außen zu mir gekommen.

Dass es so etwas wie Liebe überhaupt gibt, habe ich ja erst bei anderen Kindern beobachtet. Bei gleichaltrigen Freundinnen, mit denen ich gespielt habe, die von ihren Eltern umarmt und in den Schoß genommen wurden. Oder die Sätze, die sie zu ihren Kindern gesagt haben, wie: »Du kannst da nicht alleine hingehen!« Ich habe damals nur gedacht: »Warum kümmern die sich so um ihr Kind?« Da wusste ich dann, dass es mehr geben muss. Ich hatte damals keine Worte, um auszudrücken, was ich spüre, es war viel eher ein Wissen um eine Lücke in meinem Leben. Erst als Erwachsene, viele Jahre später, konnte ich diese Lücke benennen.

Mit neun, in der dritten Klasse Volksschule, bin ich ins Heim am Mondsee gekommen. Meine Mutter hat mich damals einfach in den Zug gesetzt und gesagt: »Jetzt fährst du mal bis Vöcklabruck, dort steigst du um, da ist ein Zug nach Salzburg, du darfst aber nur bis Frankenmarkt fahren, dann steigst du in den Bus und fährst bis zur Endstation.«

Als mein eigenes Kind im gleichen Alter war wie ich damals, habe ich mich zum ersten Mal gefragt, wie das möglich ist. Ein so junges Kind einfach in den Zug zu stecken und alleine losfahren zu lassen. Ich habe mich nicht verfahren, irgendwie habe ich es offensichtlich geschafft, im Heim anzukommen. Wahrscheinlich auch, weil ich so weit wie möglich von zu Hause wegwollte. Das hatte ich als Kind und auch als Jugendliche immer wieder wie ein Mantra in meinem Kopf aufgesagt: Ich möchte ganz weit weg und wenn ich groß bin, ziehe ich aus.

Im Heim ging es mir dann besser - anders, als vielen anderen Kindern, die zu Hause auch nur einen Funken Liebe gespürt haben. Denn die Tanten im Heim haben sich nicht wirklich darum gekümmert, wie es uns ging, solange wir zur rechten Zeit im Bett waren.

Viermal im Jahr, immer dann, wenn wir schulfrei hatten, fuhr ich nach Hause zurück zu meinen Eltern: zu Ostern, zu Weihnachten, in den Ferien und an den Feiertagen. Und ich habe es immer gehasst. In der Volksschule hatte ich Schwierigkeiten damit, ganze zusammenhängende Sätze zu bilden, weil zu Hause niemand mit mir kommuniziert hat. Das Sprechen habe ich somit erst in der Schule gelernt. Dort habe ich auch meine erste große Liebe entdeckt: das Akkordeon. Im Heim hatten wir nämlich die Möglichkeit, Musikunterricht zu nehmen und ein Instrument zu erlernen. Ich war musikalisch begabt und habe unglaublich gerne am Akkordeon gespielt, obwohl ich damals noch nicht einmal Noten lesen konnte. Stattdessen habe ich die Stücke einfach auswendig gelernt, bis wir die Noten dann im Musikunterricht durchnahmen. Ich kann mich noch gut erinnern, wie überrascht ich war, als ich erfahren habe, dass es mehr als fünf Noten gibt: Wie soll das gehen, wenn ich nur fünf Finger habe?

Mein damaliger Musiklehrer sagte immer wieder zu mir, dass ich eine seiner besten Schülerinnen war und das, obwohl er ein wirklich strenger Lehrer war. Aber bei mir musste er sich nicht anstrengen, ich übte immer so lange, bis ich es konnte, mein ganzes Herz steckte ich in die Musik, sie hielt mich am Leben. Und dann musste ich wieder weg.

Nach der Volksschule hat es nämlich plötzlich geheißen, dass ich zurück zu meinen Eltern muss, um dort die Bundeslehranstalt für gewerbliche Frauenberufe zu besuchen. Ich war zu dem Zeitpunkt 14 Jahre alt, damals ist man acht Jahre lang in die Volksschule gegangen, und ich bin aus allen Wolken gefallen. Das Heim hat nur Volksschüler beheimatet, Hauptschüler haben sie nicht geduldet, weil die Essenszeiten andere waren. Ich war stinksauer. Zum ersten Mal hatte ich einen Ort gefunden, an dem ich mich wohlfühlte, dann wurde mir auch das genommen. Weder wollte ich nach Hause noch wollte ich in die Gewerbeschule, wo man mir nur das Nähen beibringen würde, das mich nicht interessiert hat. Als mein Musiklehrer davon erfuhr, dass ich wieder zurück nach Linz musste, hat er fast zu weinen begonnen.

Zu Hause war alles gleich, nur noch schlimmer, weil ich nach dem Leben im Heim wusste, dass es anders geht. Jeden Abend musste ich um halb acht im Bett sein und wurde geohrfeigt, wenn ich mal zu spät war. Nicht einmal Nachrichten schauen durfte ich, warum auch immer, es war nur eines der vielen Dinge auf der Liste, die ich wollte und nicht durfte. Allein die Tatsache, dass ich etwas wollte, schien für meine Eltern Grund genug zu sein, es zu verbieten. Mit einer großen Ausnahme: der Akkordeonunterricht. Ich wundere mich bis heute noch darüber, wie ich es geschafft habe, meine Eltern davon zu überzeugen und ob es überhaupt ich war, oder doch alle anderen um uns herum, die ihnen immer wieder sagten, welch Wahnsinnstalent ich bin. »Bitte, bitte, lassts mich spielen«, habe ich sie angefleht. Und sie haben mich wirklich gelassen.

Ab sofort habe ich also die Gewerbeschule für Frauenberufe besucht, die ich gehasst habe und bin einmal die Woche zum privaten Akkordeonunterricht gegangen, den ich geliebt habe. Das eine habe ich dann auch nach zwei Jahren abgebrochen, das andere habe ich nie aufgehört zu tun. Mein Ziel nach der Schule hätte man in drei Worten zusammenfassen können: arbeiten, Geld sparen, ausziehen. Aus eigener Initiative habe ich dann begonnen, mich bei allen möglichen Firmen zu bewerben, ohne eine Ahnung zu haben, wie ein Lebenslauf aussieht und ob die Firmen, die ich anschreibe, überhaupt jemanden suchen. Ich hatte aber Glück und habe damals viele Zusagen bekommen. Diese Bestätigung hat mir wahnsinnig gutgetan. Mein Stiefvater hatte mir ja mein Leben lang eingeredet, dass ich es nicht sehr weit bringen würde und froh sein könne, wenn ich einmal irgendwo als Putzfrau arbeite. Diesen Gefallen wollte ich ihm nicht tun, das habe ich mir geschworen. Mein erster Job war in einem Kindergarten, wo ich zwei Jahre lang als Praktikantin gearbeitet habe. Fünfzig Schilling von den ungefähr hundert, die ich damals verdiente, musste ich meinen Eltern geben. Den Rest versuchte ich, so gut es ging zu sparen.

Danach, ich war ungefähr 18 Jahre alt, habe ich als Verkäuferin zu arbeiten begonnen und war so fleißig, dass der Personalleiter mich nach kürzester Zeit zur Abteilungsleiterin befördern wollte. Mit meinen Arbeitskollegen habe ich damals nicht viel geredet, weil ich damit beschäftigt war, wie ein Stier zu arbeiten. Das war alles, was ich jahrelang gemacht habe und alles, was ich konnte: arbeiten. Ich wurde immer wieder für meinen Fleiß und meine Schnelligkeit gelobt. Leider wusste aber niemand, was hinter der harten Arbeit wirklich steckte: mein verzweifelter Versuch zu verdrängen und zu vergessen, was zu Hause auf mich wartete. Und: der Drang, Geld zu verdienen, um endlich auszubrechen.

Den Job als Abteilungsleiterin habe ich abgelehnt. Heute ist das unvorstellbar, aber damals hat mein Chef mich zum Frauenarzt geschickt, wo ich darauf getestet werden sollte, ob ich wirklich nicht schwanger war. Mir wäre das so peinlich und unangenehm gewesen, zu einem Arzt zu gehen, der da unten herumfuchtelt, dass ich mich lieber dazu entschieden habe, die Stelle abzulehnen. Dabei hatte ich gar nichts zu befürchten! Ich war sicher nicht schwanger, ich hatte ja gar nichts mit Männern zu tun, nicht weil ich nicht konnte, sondern weil ich nicht wollte. Männer haben mir Angst gemacht, ich habe sie alle der Reihe nach abgewiesen, weil sie mich an meinen Stiefvater erinnert haben und war mir sicher: Nie, niemals werde ich einen Freund haben oder einen Mann heiraten. Ich bin dann schnell dahintergekommen, dass man sich so etwas nur dann vornehmen kann, wenn man Liebe mit Gewalt verwechselt.

Meinen Mann habe ich durch die Musik kennengelernt, er hat auch Akkordeon gespielt, aber eher die Musik, die man früher in Wirtshäusern hörte, nicht die edlere, die ich in meinen Musikstunden gelernt hatte. Ich habe damals in einer Akkordeongruppe mit vielen anderen Musikern gespielt, mein Musiklehrer hatte die Gruppe zusammengestellt und immer wieder Aufführungen mit uns vorbereitet. Mein Mann hat seinen Bruder oft zu den Proben gebracht, weil der bei uns in der Gruppe Schlagzeug gespielt hat. Irgendwann bin ich ihm so zum ersten Mal über den Weg gelaufen und kann mich noch gut daran erinnern, was ich damals gedacht habe: »Naja, der schaut zum ersten Mal nicht so blöd aus.« Mehr war da eigentlich nicht.

Einmal, ich muss damals 18 oder 19 gewesen sein, hatten wir ein kleines Konzert im Kellerstübchen in Linz, ein unauffälliges Lokal in einem Keller, wo wir zuerst aufgetreten sind und nach unserer Aufführung laut getanzt und gefeiert haben. Mein Mann war damals auch dort. Nach unserer Aufführung bin ich mit den anderen Musikern unserer Akkordeongruppe auf einem Tisch gesessen und habe immer wieder gesagt, dass ich heute nicht tanzen will. Ohne dass ich es wusste, ist ein guter Freund, der damals auch in unserer Gruppe spielte, Eren war sein Name, heimlich zu meinem Mann gegangen und sagte zu ihm, dass er mich doch zum Tanz auffordern soll. Mein Mann, ein eigentlich sehr schüchterner und zurückhaltender Mensch, hat dann all seinen Mut zusammengenommen und mich gebeten, mit ihm zu tanzen.

Jeden anderen hätte ich sofort abgewiesen, so wie ich das immer schon getan hatte, aber dieser Mann, der sich nicht als großer Platzhirsch aufspielte und so anständig und respektvoll gefragt hatte, dem wollte ich zumindest einen Tanz schenken. Am Anfang war noch mein ganzer Rücken total verspannt, solche Angst hatte ich, aber er hat mich so fest in seinen Händen gehalten, dass ich irgendwann das Gefühl hatte, mich fallen lassen zu können, ohne wirklich zu fallen. Und ich bin wirklich nicht gefallen. Auch danach nicht, als ich ihn über ein Jahr warten ließ, bis ich ihn überhaupt als Liebelei bezeichnen konnte. Aber er ist geblieben und hat geduldig gewartet, und so ist er mein erster und letzter Mann geworden. Mit ihm habe ich es dann auch geschafft, endlich in meine erste eigene Wohnung zu ziehen, für die ich in den Jahren zuvor hart gearbeitet und gespart hatte.

Erst viele Jahre später habe ich begonnen, ihm von meiner Vergangenheit zu erzählen. Ich wollte, dass er versteht. Dass er mich versteht, meine Schwierigkeiten, mich zu öffnen und anderen Menschen zu vertrauen. Er hat es aber nicht hören können und nicht verkraftet und so habe ich aufgehört, darüber zu reden. Das war das Einzige, was mich rückblickend wirklich verletzt hat, weil es ein Teil meines Lebens war. Dass er es nicht verkraftet hat, hat sich für mich so angefühlt, als würde er mich nicht verkraften. Trotzdem hätte ich nie daran gedacht, ihn zu verlassen, es hat mich ja kein anderer interessiert. Außerdem war es mit meinem Mann immer spannend, wir hatten eine Leidenschaft, die Musik, die wir geteilt haben und die uns zusammengebracht hat. Das Akkordeon und er, mein Mann, haben mir die Liebe erst beigebracht und mich so am Leben gehalten. Die meisten Menschen würden meinen, dass das Schönste an der Liebe ist, wie gut sie tut, wie schön sie sich anfühlt, aber für mich ist das wirklich Faszinierende an der Liebe, wie ansteckend sie ist.

Ich habe so viel von meiner Liebe ins Akkordeon gesteckt, dass ich so wiederum viele andere Menschen mit dieser Liebe anstecken konnte, deswegen sage ich immer: Die Liebe muss nichts Körperliches sein und sie ist auch sicher an kein Alter gebunden. Mit 61 noch habe ich angefangen, die Steirische Harmonika zu spielen und habe kurz darauf eine eigene Harmonikagruppe hier in Linz gegründet, das war wahrscheinlich die größte Freude in meinem Leben.

Meine Eltern sind beide mittlerweile verstorben, irgendwann sind sie damals krank geworden, beide habe ich bis zum Schluss gepflegt und im Altersheim besucht. Das habe ich nicht für sie gemacht, sondern für mich, für mein Gewissen. Sie waren meine Eltern, was hätte ich tun sollen? Am Sterbebett hat meine Mutter noch zu mir gesagt, dass sie sich entschuldigen will für alles, was sie mir angetan hat. Ich habe ihr nur gesagt, dass es zu spät ist. »Da musst du jetzt mit dem Herrgott selbst zurechtkommen.«

Wenn ich an die Zeit zurückdenke, empfinde ich nicht mehr viel, ich habe damit abgeschlossen und ihnen trotzdem ihren Frieden gegönnt. Reumütig und zornig zu sein, bringt mir nichts, es macht nichts ungeschehen von dem, was mir angetan wurde und tut nur mir selbst weh, niemand anderem sonst.

Der rote Gummischlauch

Sie konnte mit ihrer Mutter über alles reden, sagt sie. Ob sie auch mit ihr über eine Abtreibung hätte reden können? Sie stockt kurz und überlegt. »Hm, das weiß ich nicht. Aber dazu ist es zum Glück nie gekommen.« Die Angst, schwanger zu werden, war der ständige Begleiter der Liebe, erzählt sie. Und erzählt über die Pille, über Abtreibungen und Verhütung in den Fünfziger- und Sechzigerjahren.

Aufgeschrieben von: Laura Fischer

Ich komme aus einer Familie mit vielen Kindern. Sieben, acht Kinder waren überall damals, das war normal. Zum Arzt zu gehen konnte man sich ja nicht leisten und Pillen gab es noch keine. Meine Mutter hatte zwölf und ich war die jüngste. Als ich sechs war, starb mein Vater an einem Schlaganfall. Von da an musste meine Mutter alles alleine machen. Sie hatte vier Weingärten, die sie bestellen durfte, von den Erträgen ging die Hälfte an den Besitzer und die andere durfte sie behalten. Außerdem musste sie für alle kochen und Wäsche waschen.

Bei so vielen Kindern muss man ja jede Woche waschen, damit am Montag wieder frische Kleider da sind. Zum Glück waren meine Geschwister schon älter, die haben alle etwas hergegeben, damit ich in die Hauptschule gehen konnte. Ich habe ja ein Heft und Stifte gebraucht. Viel hatten wir nicht, aber mir ist nie was abgegangen. Was es bei uns nicht gab, hat mir auch nicht gefehlt, ich hab es ja nicht gekannt. Meine Mutter hat immer geschaut, dass ich genug hatte und anständig angezogen war. Viele meiner Schürzen hat sie mir mit der Hand genäht.

Ich bin froh, dass ich so viele Geschwister hatte. Mit meinen Schwestern konnte ich immer über alles reden. Mein Lieblingsbruder, der Michael, war zehn Jahre älter als ich und bei der Polizei. Jeden Tag, wenn ich aus der Schule rauskam, wartete er schon auf mich. Oft sind wir dann noch Eis essen gegangen. Meine Mutter hat immer gemeint: »Zwölf hab ich gehabt, aber keines hätte ich hergegeben.«

Eigentlich wollte ich Kindergärtnerin werden. Nach der Schule probierte ich es aus, aber ich war überhaupt nicht geeignet dafür. Ich wurde nervös mit den Kindern, es ging mir einfach nicht gut damit. Jedem tat es leid, als ich aufhörte, sogar unser alter Bürgermeister fragte mich, warum ich nicht weitermache. Ich habe nur gesagt: »Weil ich nimmer will.« Danach wurde ich Magd. Der Hof, an den ich kam, war riesig, es gab den alten Herrn, den jungen Herrn, einen großen Knecht, einen kleinen Knecht, dort hatte ich es gut. Den Stall ausmisten und so etwas musste ich nie. Nur die Kühe melken, aber damals hatten wir schon eine Melkmaschine, und am Feld mithelfen oder in den Weingärten. Wo eben gerade Arbeit anfiel.

Der Familie ging es gut. Das einzige Problem war: Die junge Bauersfrau konnte keine Kinder bekommen. Deshalb fuhr sie regelmäßig nach Bad Tatzmannsdorf, in der Hoffnung, dass man dort etwas für sie tun konnte. Sie mochte mich gern, ich war eine treue Seele, bei mir wusste sie, ich fange nichts an mit ihrem Mann. Dabei war er ein schöner Mann, ein sehr schöner sogar, aber das hätte ich niemals machen können. Ich hätte doch Gewissensbisse gehabt. Nicht, dass er nicht gewollt hätte. Und nicht nur er, auch seine Mutter. Eines Nachts setzte sie sich zu mir ans Bett und sagte: »Klara, von dir könnte man sich schon ein Kind vorstellen.« Sie wird sich gedacht haben, Bauernwirtschaft und es ist kein Kind da. Ich sah sie verwirrt an, von oben bis unten und wusste in dem Moment gar nicht, was sie meint. Ich war ja erst 17. Naiv wie ich war, sagte ich zu ihr: »Sie werden schon eins kriegen, keine Sorge.« Zu Hause erzählte ich es meiner Mutter. Mit ihr konnte ich über alles reden, mit allen Sorgen kam ich immer zu ihr. »Du hast echt gar nichts kapiert. Willst so g'scheit sein, und bist so dumm«, sagte sie zu mir und schüttelte den Kopf.

Meine Mutter warnte mich oft vor dem jungen Herrn. Immer, wenn die Frau weg war, versuchte er, mir nahezukommen, streichelte mich, zog mich an sich und versuchte, mich zu küssen. Aber ich ließ mich nie auf den Mund küssen. Ich drehte immer schnell den Kopf weg. Meine Mutter meinte dazu nur: »Du brauchst ned glauben, dass dich der liebt oder irgendwas. Der will ein Kind und sonst gar nichts.« Ein Kind von mir? Ich trag das Kind aus und dann schenke ich es ihm? Na, aber sicher nicht, dachte ich mir.

Kaum jemand glaubte mir, dass ich nichts mit dem jungen Herrn zu tun hatte, aber die Frau war mir sehr dankbar. Als sie einmal wieder aus Bad Tatzmannsdorf zurückkam, brachte sie mir einen schönen Ring mit, ein anderes Mal war es Stoff, genug für drei oder vier Schürzen. Damals hatten wir riesige Milchkannen, mit denen ich immer ins Milchhaus ging. Die Mädchen dort hatten alle schöne Schürzen mit Flügeln. Im nächsten Winter kam eine Schneiderin und nähte auch mir aus dem Stoff Schürzen. Die Frau bekam dann tatsächlich niemals Kinder. Sie war die Tochter des damaligen Bürgermeisters und im Ort hieß es, sie hätte nicht erst eins abtreiben sollen, nur damit sie eine weiße Braut wird. Jetzt kriegt sie eben keines mehr.

Ob das mit der Bauersfrau gestimmt hat, weiß ich nicht. Aber früher kam es schon vor, dass Frauen keine Kinder mehr bekamen, wenn sie abgetrieben hatten. Als ich jung war, wurden viele Mädchen ungewollt schwanger. Dass Abtreibungen illegal waren, hat niemanden davon abgehalten. Eine Freundin von mir war Hebamme, die machte das bei sich zu Hause. Zu ihr kamen viele, obwohl es teuer war. Zweitausend Schilling, das war ganz schön viel Geld.

Wenn eine schwangere Frau zu ihr kam, breitete meine Freundin eine Decke auf ihrem Sofa aus, dort legte sich die Frau dann hin. Ganz genau weiß ich es nicht, ich war nie direkt dabei. Wer will das schon? So, wie sie es mir erklärte, gab es einen kleinen Schlauch, wie ein Katheter aus Gummi. Den zeigte sie mir einmal, ganz weich und rot und ein schönes Stück lang, er musste ja bis zur Gebärmutter rein und dann muss noch was raushängen, damit man ihn rausziehen kann.

Zum Einführen hatten sie wahrscheinlich einen Draht, mit dem der Gummi in die Gebärmutter geschoben wurde. Der Draht kam heraus und der Gummi blieb drin, bis die Gebärmutter aufgebrochen war und anfing zu bluten. Dann musste man warten, bis es wieder vorbei war. Bei manchen geht es ganz schnell, die bluten gleich, bei manchen dauert es länger. Natürlich machte man das ohne Betäubung, hatte man damals ja nicht, aber ich hörte nie jemanden schreien.

Zu mir sagte diese Freundin, ich könne zu ihr kommen, wenn ich schwanger werde, zum Abtreiben. Aber das wollte ich nicht. Man kann ja nie wissen, ob sie nicht mal wo falsch hineinsticht und das zarte Gewebe plötzlich ein Loch bekommt. Ich kenne viele Frauen, die dann keine Kinder mehr bekommen konnten, die Bauersfrau war nur eine davon. Aber so etwas waren oft nur Gerüchte, es geschah ja alles im Geheimen. Das war alles illegal, nur ausgeplaudert wird eben bald. Der Frau von meinem Bruder ist das passiert. Bevor sie mit ihm ausging, war sie schwanger von einem anderen, das Kind trieb sie aber ab. Zwei Jahre später, als sie schon verheiratet waren, wurde das aufgedeckt. Irgendwer muss sie verraten haben. Eines Tages kam einfach die Polizei und holte sie ab. Zum Glück war mein anderer Bruder bei der Polizei. Er kam auf die Wache und erklärte den Beamten, das stimme alles nicht, es handle sich nur um Gerüchte. Zum Glück konnte sie wieder nach Hause gehen.

Im Jahr 1962 wurde die Pille in Österreich zugelassen. Damals arbeitete ich in einer Apotheke, nicht als Apothekerin, sondern im Labor, ich mischte die Salben und Tinkturen zusammen. Ich war ein Jahr später, 1963, eine der Ersten, die dadurch privat die Pille bekamen. Davor hatten wir ständig Angst, schwanger zu werden. Die Apothekerin kam zu mir und sagte: »Clarissa, du kriegst die Pille, du hast schon zwei Buben, mehr brauchst du nicht.« Ich war erst 21, da hatte ich meine Kinder schon. Die Apothekerin hat mich zumindest vor weiteren bewahrt.

Ich war neunzehn, als ich meinen Mann kennenlernte. Als Musiker spielte er oft auf Tanzveranstaltungen, so bin ich ihm zum ersten Mal begegnet. Er saß auf der Bühne und trommelte, wir waren unten und tanzten. Ich hab bisschen raufgeschaut, er hat bisschen runtergeschaut, und schon ist es passiert. Bis Mitternacht musste er oben bleiben und spielen, aber dann deutete er mir, ob ich auf ihn warte, und ich deutete mit Gesten zurück. In seiner Pause gingen wir spazieren, aber nicht sehr lange, um eins musste er wieder spielen. So fing das an, von da an trafen wir uns jeden Abend. Als ich dem jungen Herrn vom Bauernhof von meinem Mann erzählte, war ihm das nicht besonders recht. »Ach so ist das«, hat er gesagt, »mi'm Pauli gehst du.« »Ja«, antwortete ich. »Ich geh mi'm Pauli.« »Na dann darf ich wohl nicht mehr weitermachen.« So hörten die Avancen des jungen Bauern auf. Ein Jahr später war ich dafür von meinem Mann schwanger. Und ein Jahr darauf wieder.

Wenn du zwei Kinder hast und so jung bist, natürlich hast du da Angst, dass du nochmal schwanger wirst. Als mir meine Freundin, die Hebamme, ihre Schläuche zeigte, habe ich gesagt: »Gott sei Dank brauche ich das nicht, ich habe ja die Pille.« Aber direkt gewollt waren auch meine zwei Buben nicht. Wer will das schon, so jung? Aber ich habe nie daran gedacht, sie abzutreiben. Im Nachhinein bin ich so froh, dass sie geboren wurden. Mein großer Sohn ist jeden Tag hier.

Das Gespräch mit Clarissa wird unterbrochen, als ihr ältester Sohn an ihre Zimmertür im Pflegeheim klopft. Wie jeden Tag kommt er seine Mutter besuchen. Er erzählt ihr von der Familie, vom Enkel, der den Gips losbekommen hat und seiner Frau, die ins Krankenhaus musste. Sie plaudern ein wenig über den Enkel, einen ambitionierten zwölfjährigen Fußballspieler. Und Clarissa strahlt.

Treue

Gerda ist achtzig, Peter 81 Jahre alt. Eng umschlungen sitzen sie auf der Couch im Aufenthaltsraum des Maimonides-Zentrum. Vor ihnen am Tisch liegt eine zerknüllte Packung Kartoffelchips und eine leere Flasche Eistee. Wenn Peter Gerda besucht, kauft er ihr meistens Chips, weil sie auf ihren Zuckerspiegel achten muss und »da ist nicht so viel davon drinnen«, sagt Peter. Sie hat ihren Kopf auf seine Schulter gelegt, er streichelt ihr sanft über das linke Knie. Während des Gesprächs wird hauptsächlich Peter erzählen, Gerda hört nicht mehr so gut und deswegen lieber zu.

Das Gespräch wurde geführt von: Marija Barisic

Jeden Tag, seit sie hier im Heim lebt, stehe ich auf, pünktlich um sieben Uhr in der Früh und fahre zu ihr. Davor mach' ich noch einen kleinen Abstecher zur Trafik, wo ich mir eine Zeitung hole, damit ich am Weg etwas Interessantes zum Lesen habe. Dann verbringe ich den ganzen Tag hier mit ihr: Wir essen zusammen in der Kantine oder setzen uns hinaus ins Freie, wenn das Wetter schön ist. Am Abend um halb sechs oder sieben fahre ich dann wieder nach Hause. So habe ich immer noch genug Zeit, einkaufen zu gehen, um mir das zu holen, was ich daheim an Lebensmitteln brauche.

Jedes Mal fällt uns der Abschied schwer, vor allem ihr, weil sie furchtbare Angst hat, dass mir am Heimweg etwas passieren könnte.

»Bitte, bitte Peter, pass auf dich auf«, sagt sie dann zu mir.

Und jeden Abend bevor ich gehe, verspreche ich ihr: »Gerda, ich werde langsam gehen und lieber dreimal über die Straße schauen, ob eh nichts kommt, bevor ich sie überquere!«

Wir sind alt und viele aus unserem Freundeskreis schon tot. Der Tod ist in unserem Alter nicht mehr weit entfernt und die Sorge, sich zu verlieren nicht mehr so unbegründet wie früher. Einmal, da bin ich ein bisschen später gekommen als sonst und meine Frau hat einen richtigen Schreck gekriegt.

Von meiner ehemaligen Firma bekomme ich alle paar Monate ein Pensionspaket geschenkt, mit Schokolade und vielen anderen Leckereien. Das Geschäft, wo ich das Paket immer abhole, öffnet aber erst um neun und ist eine Stunde von mir entfernt. An diesem Tag war es wieder soweit: Ich fuhr eine Stunde hin und eine zurück, ohne ihr Bescheid zu geben, dass ich mich verspäten würde.

Sie saß am Tisch, wartete und wartete und dachte irgendwann: »Jetzt ist es soweit. Jetzt ist ihm was passiert.«

Einige Stunden später kam ich bei der Tür herein und sah nur, wie sie da saß, verheult und verzweifelt, während das Pflegepersonal auf sie einredete und versuchte, sie zu beruhigen. Als sie mich sah, sprang sie auf, fiel mir um den Hals in die Arme und wir begannen beide zu weinen.

»Fahr doch nach Hause, du brauchst nie mehr wieder zu mir kommen!«, brüllte sie.

»Gerda, ich geh' nicht heim, warum glaubst du, dass ich dir das tua?«, sagte ich, während sie weinte und weinte und nicht aufhören konnte zu weinen. Ihr hat's richtig wehgetan und mir hat's richtig leidgetan. Später kam sie dann wieder zu mir, so wie sie das immer macht, wenn sie etwas im Streit sagt, was sie nicht meint, und entschuldigte sich: »Bitte, bitte, sei nicht böse.«

Ich sagte spaßeshalber nur: »Ja, aber du hast gesagt, ich brauch nimmer kommen?«

Dann sah ich, wie sich die Angst in ihrem Gesicht ausbreitete und begann laut zu lachen. Nie mehr wieder würde sie mir so etwas sagen, versprach sie mir und hat ihr Versprechen gehalten, bis heute. Aber ich habe sie auch nie mehr wieder sitzenlassen.

Von Hosen und Röcken

Jeden Tag kommt sie um halb elf mit dem Bus ins Heim, um ihren Mann zu pflegen. Zusammen essen sie und verbringen den Tag miteinander und um zehn vor acht fährt sie mit dem Bus wieder nach Hause. »Mit dir hab ich das größte Glück getroffen«, sagt er.

Aufgeschrieben von: Laura Fischer

Mit Liebesgeschichten sind Sie bei uns richtig. Wir sind seit 68 Jahren zusammen und waren keinen Tag auseinander. Außer im Spital, aber da bin ich auch immer zu ihm gekommen. Einmal war er auf Kur, am zweiten Tag hat er angerufen. »Wenn du ned nachkommst, fahr ich auch wieder heim.« Bei einer Reitshow unserer Tochter sind wir mal mit einer Psychologin ins Gespräch gekommen, die hat uns gesagt, wir sind nicht normal. Weil das gibt es nicht, dass zwei Leute immer beieinander sind, schließlich braucht jeder seinen Freiraum. Wir haben den aber nie gebraucht.

Meine Tochter ist heute noch alleine, mit sechzig Jahren. Drei Jahre war sie verheiratet, an unserem dreißigsten Hochzeitstag hat sie sich scheiden lassen. Jetzt hat sie zehn Windhunde. Wir beide haben wohl einfach Glück gehabt.

Ich weiß noch, als seine Mutter sechzig war, war sie für uns eine alte Frau. Wenn ich schwimmen gehe, trage ich heute noch einen Bikini. Wenn ich mir seine Mutter dabei vorstelle mit über achtzig, die hätte der Schlag getroffen. Bikinis kamen erst auf, da war meine Tochter ein Jahr alt. Ich war groß und mager, 1,70 Meter und fünfzig Kilo. Ich habe nie viel Busen gehabt, da habe ich kaum passende Badekostüme gekriegt. Als die Bikinis gekommen sind, war ich gleich die Erste, die sich einen gekauft hat. Damals war das aber noch viel mehr Stoff. Wenn wir solche wie heute getragen hätten, wären wir wohl eingesperrt worden.

Mit den Hosen war es dasselbe. Eine Frau in dem Alter in Jeans, das ging gar nicht. Meine Mutter hatte so schlechte Füße wie ich. Wenn wir in den Wald gegangen sind, hatten wir immer einen Druckverband mit, für den Fall, dass sie sich verletzt. Ich habe ihr immer gesagt: »Mama, zieh eine Hose an.« Das hat sie einmal gemacht, als wir uns wieder zum Wandern getroffen haben. Mein Onkel hat gesagt, wenn sie die Hose nicht auszieht, geht er nicht mit.

Mich haben die Leute auch oft blöd angeredet wegen der Hosen. »Blödes Mensch, wie schaust du denn aus, bist du etwa ein Mann«, haben sie mir auf der Gasse nachgerufen. Aber ich habe immer schon gemacht, was ich will. Wenn wir zusammen weggefahren sind, hatte ich immer ein Kostüm mit, mit Hose und Rock, damit ich mich umziehen und mit der Hose gehen konnte. Ich habe nie gerne Röcke getragen, das letzte Mal wahrscheinlich an unserem sechzigsten Hochzeitstag. Ihm war egal, ob ich eine Hose getragen habe, oder nicht. Hauptsache im Bett habe ich keine angehabt.

Wir hatten immer Spaß miteinander. Ich war nie eine von den Frauen, die dann »müde« sind. Bis achtzig, fünfundachtzig hat es funktioniert. Ohne blaue Pille. Nicht wie mit zwanzig, aber doch. Der Unterschied: Mit zwanzig muss der Mann sich anstrengen, mit achtzig ist es umgekehrt, da muss die Frau sich plagen. Und wenn es mal nicht ging, haben wir halt gelacht. Meistens hatten wir aber keine Probleme. Wenn man beim Sex nicht zusammenpasst, kann man es gleich vergessen. Aber wenn man so lang verheiratet ist, kennt man einander, man weiß genau, ob der andere müde ist oder es ihm nicht gut geht. Das spürt man.

Am liebsten hätte ich ihn ja zu Hause, aber das schaffe ich nicht mehr mit den Stiegen. Ich hole ihm aber alles hierher, was er braucht. Zu den Schwestern sagt er in der Früh: »Na lass es, meine Frau kommt eh.« Ich würde ja auch hierherziehen, aber das kann ich mir nicht leisten, und Pflegestufe drei kriege ich nicht. Er hat Pflegestufe fünf, langsam auch im Kopf ein bisschen.

»*Gar nicht.*«

»Nein? Na was hast du heute zu Mittag gegessen?«

»*... Knödel.*«

»Hast Recht.«

Ganz schwere Krankheiten hatten wir zum Glück nie. Nur als junger Mann, mit 24 hatte er ein Magengeschwür. Sie wollten ihn operieren, aber ein alter Arzt hat uns gesagt, wir sollen es nicht machen. Operieren kann man ihn später auch noch, stattdessen sollen wir jede Woche aus einem Liter Milch Milchreis oder Grießkoch machen. Jahrelang habe ich ihm jeden Freitag Milchreis gemacht, und bis jetzt war alles gut.

Als wir zusammengekommen sind, hatten wir beide nichts. Bei mir waren wir vier Generationen in einer Wohnung, mein Mann hat einmal bei einer alten Böhmin als Bettgeher gelebt, dann bei einer, die hatte Wanzen, und bei einer anderen, die hatte fünf Schlösser an der Tür. Er hatte nur einen Schlüssel. Wenn er nach neun heimgekommen ist, konnte er nicht mehr hinein und musste im Park schlafen. Trotzdem war es schöner damals, es war immer jemand da. Wenn ich heute nach Hause gehe, bin ich ganz allein.

Aber wir lachen, auch wenn wir manchmal verzweifelt sind. Etwas anderes bleibt einem ja kaum übrig. Als er hierher kam, konnte ich zu Hause nie einschlafen. Davor war ich immer auf seiner Hand gelegen, bis ich eingeschlafen bin. Unser Leben lang haben wir zusammen im Bett geschlafen, auf einem Meter vierzig, jetzt warten wir zusammen auf die Kiste. Am 11. September haben wir unseren Hochzeitstag, 65 Jahre. Ist in drei Wochen. Na, glaubst du, erleben wir das noch?

Eine zweite Chance

In ihrem Zimmer stehen christliche Devotionalien, Kreuze und Bildnisse der Jungfrau Maria. Unter der Woche habe man keine Zeit gehabt, aber am Sonntag sei sie schon in die Kirche gegangen, erzählt sie. Ein Leben ohne Religion könne sie sich kaum vorstellen. »Es hat uns ein Leben lang begleitet.« Auf einem Regal steht ein schwarz-weißes Bild eines Mannes. «Das war Ihr Mann, der Rechtsanwalt?« »Ja, mein Mann. Aber nicht der Rechtsanwalt, sondern der Optiker. Ich hatte zwei Männer.«

Aufgeschrieben von: Laura Fischer

Damals wies ich es ganz entrüstet zurück, ich dachte mir, das ist doch ganz unmöglich, so etwas gibt es nicht. Wenn meine Tochter mit Freundinnen abends wegging, hatte sie immer ein ungutes Gefühl, wenn ich allein zu Hause war, also schlug sie mir vor, es wäre doch schön, wenn ich wieder jemanden finden würde. Mein Mann war bereits einige Jahre tot, aber ich bin christlich aufgewachsen. Als Witwe darf man wieder heiraten, trotzdem hatte ich ein komisches Gefühl dabei. Ich habe immer versucht, ein guter Christ zu sein, gelungen ist mir das natürlich nicht immer. Aber ich wollte meinem verstorbenen Mann nicht die Treue brechen.

Ich bin in der Nähe von Stockerau aufgewachsen, kennengelernt haben wir uns auf einem Zeltfest. Nach der Matura war ich ein Jahr lang in einer Haushaltungsschule, um für meinen Mann kochen und Haushalt führen zu lernen, als ich 21 war, heirateten wir. Mit 22 bekam ich einen Sohn, dreieinhalb Jahre später eine Tochter. Mein Mann war der Ansicht, dass es sowohl für die Kinder als auch für die ganze Familie besser ist, wenn die Frau nicht berufstätig ist, und ich kann das nur unterstreichen. Deshalb bemühte ich mich gar nicht um einen Beruf. Mein Mann war Rechtsanwalt und unter der Woche sehr beschäftigt. Wenn ein Mann beruflich ausgelastet ist, braucht er Ruhe am Abend. Aber für ihn waren die Kinder auch das Wichtigste im Leben. Mit 52 starb mein Mann an einem Herzinfarkt. Meine Tochter war noch im Gymnasium und mein Sohn hatte gerade an der Uni begonnen. Eine ganze Familie war zu versorgen, und plötzlich stand ich allein da.

Der Einstieg ins Berufsleben war mühsam. Ich versuchte, ein paar Kurse zu machen, Maschinschreiben zum Beispiel. Das funktionierte ganz gut, also bewarb ich mich bei einer Bank in Wien. Die Arbeit dort im Sekretariat habe ich gern gemacht. Aber wenn man einmal einen Menschen gehabt hat, den man wirklich geliebt hat, fehlt einem das immer.

Dass es diesen Wilhelm gibt, wusste ich schon, er war Optiker in Stockerau. Mein Mann war Brillenträger, und der Optiker brauchte wiederum manchmal rechtliche Unterstützung, also waren sie Kunden beieinander. Getroffen hatten wir uns aber noch nie. Einmal nahm mich mein Sohn zu einem Damenabend bei einer Hilfsorganisation mit, bei der Wilhelm Präsident war. Er war auch verwitwet, und irgendwie hat es sich ergeben, dass wir doch zueinander fanden. Meine Eltern befürworteten das, sonst hätte ich diesen Schritt nicht gemacht. So habe ich ein zweites Mal kirchlich geheiratet.

Willy hatte Krebs, also war unsere Zeit auch kurz, aber wir nutzten sie so gut wie möglich. Zusammen reisten wir viel, nach Malta,

Rom, Israel und in die USA. Mit Willy habe ich die Welt gesehen. Ich kenne Nordamerika jetzt von Norden bis Süden, von den Niagarafällen bis Key West, dem südlichsten Punkt der USA. Man muss über 16 oder 17 Inseln fahren, um dorthin zu kommen. Sehr berühmt war der Sonnenuntergang in Key West, aber ich fand den jetzt nicht so besonders.

Wir kamen als Erstes in New York an. Die Frau, die uns empfing, wusste, dass wir aus Österreich kommen, also trug sie das, was sie als Tracht empfand. Ich habe nur mehr das rote Filzhütchen in Erinnerung, aber es war fürchterlich. In New York warnte man uns, nie in einen leeren Lift zu steigen oder in einen, in dem ein Schwarzer ist. Wir machten eine Stadtrundfahrt und unser Fahrer wollte in der Bronx kaum stehenbleiben, man warnte uns auch, abends nicht auf die Straße zu gehen. In Key West konnte man dagegen um Mitternacht am Strand flanieren. Einen schwarzen New Yorker lernte ich aber nie kennen.

Ich kann unterschreiben, die Liebe ist das Wesentliche, der Inhalt des Lebens in allen Lebenslagen. Als mein Mann starb, sagte mein Sohn mal zu einer Bekannten: »Der Willy hat die Mutti auf Händen getragen.« Ich glaube, das sagt Ihnen alles.

Ohnmacht

Josef sieht nicht gut. Sein Gegenüber erkennt er nur mehr an den Umrissen. Wenn er seinen Geburtstag nächstes Jahr im Mai noch erleben sollte, wird er neunzig Jahre alt. Nie im Leben hätte er gedacht, dass er so alt wird, sagt er. Heute lebt er im Pflegeheim in Gols und teilt sein Zimmer mit einem älteren Herrn, der auf einem Holzsessel sitzt und regungslos auf den Tisch starrt. »Lassen Sie sich nicht beirren, der ist immer so«, sagt Josef und setzt sich in seinem Bett auf.

Das Gespräch wurde geführt von: Marija Barisic

Die ersten zwei Jahre meines Lebens leugnete mein Vater, dass ich sein Kind bin. Meine Mutter zog damals zu ihrer Mutter und dann vors Gericht. Sie rannte von einer Verhandlung in die nächste, um sich die Alimente zu erkämpfen, die Arme. Was anderes blieb ihr gar nicht über, mit unehelichem Kind und ohne einen Groschen in der Tasche. So verbrachte ich die ersten zwei Jahre meines Lebens bei meiner Großmutter und meinen Tanten, die sich gut und gern um mich kümmerten und mich mit viel Liebe versorgten. Irgendwann stellte das Gericht meinen Vater vor die Wahl:

»Entweder Sie nehmen Ihre Vaterschaft jetzt an und heiraten diese Frau oder Sie zahlen.«

Mein Vater entschied sich für die erste Variante, zahlen wollte er auf keinen Fall, und wir, meine Mutter und ich, mussten kurz danach das Haus meiner Großeltern verlassen und zu ihm ziehen.

Ich verstehe bis heute nicht, warum er sich ausgerechnet dafür entschieden hatte. Mein Vater wollte weder mich noch meine Mutter und das ließ er uns bei jeder Gelegenheit spüren. Mein Lebtag habe ich so etwas wie Vaterliebe nicht kennengelernt. Er hat mich nie umarmt, liebkost oder in den Schoß genommen, so wie ich das bei anderen Kindern und ihren Vätern beobachtet hatte. Als Kind habe ich sehr darunter gelitten, daran kann ich mich noch gut erinnern, weil ich ja gerade aus einem Haus gekommen war, in dem ich die Liebe von allen Seiten gespürt hatte. Meine Tanten, die Schwestern meiner Mutter, hatten mich in Nickelsdorf so warm aufgenommen, fast verhätschelt haben sie mich. Und nun war ich in Gols bei meinem Vater, der so kühl und schroff mit uns umging, als wären wir eine Plage, die es zu bekämpfen galt.

»Bitte, bitte Mutter, gehen wir wieder zurück zur Tante nach Nickelsdorf«, flehte ich sie an.

»Lass gut sein Seppel, das können wir nicht, ich hab' ja kein Geld und wenn wir weggehen, hab' ich nichts«, sagte sie und versuchte mich zu trösten.

Wenn sie damals die Möglichkeit gehabt hätte, wenn sie finanziell in der Lage gewesen wäre: Ich bin mir sicher, sie wäre gegangen. Aber es war schwierig früher, nicht nur für meine Mutter, sondern für alle anderen Frauen auch, die zu Hause in ähnlichen Situationen steckten und das waren nicht wenige.

Frauen waren damals ja wirklich nicht viel wert. Von ihren Männern bekamen sie oft Schläge und Beschimpfungen, konnten sich aber nicht scheiden lassen, weil sie alleine nicht über die Runden gekommen wären. Immer waren sie die Blöden und Dummen in den Augen der Gesellschaft und so wurden sie auch behandelt. Für mich fühlte sich das damals schon falsch an. Dieser schlechte Umgang mit Frauen, den konnte man überall beobachten, der begleitete mich mein Leben lang. Schon als kleines Kind hasste ich es, wie mein Vater mit meiner Mutter umging.

Gemeinsam mit meiner Schwester schliefen wir alle zusammen in einem Zimmer. Das Bett, das meine Schwester und ich uns teilten, stand direkt neben dem Ehebett unserer Eltern. Am Abend konnten wir immer die Gespräche zwischen den beiden mithören und bekamen Dinge mit, die wir in unserem Alter nicht hätten mitbekommen sollen. Ich hab' das ja erst im Alter realisiert, was da in unserer Gegenwart passiert war.

Meine Mutter wollte es nicht, er hat sie genötigt.

»Du alte Kuh«, sagte er zu ihr.

Sie wehrte sich nicht, schwieg nur und ließ alles über sich ergehen. Das hat mir wehgetan, sehr wehgetan. Ich war damals schon zehn oder zwölf Jahre alt und er dachte, wir Kinder schlafen.

Zu meiner Mutter sagte er: »Die schlafen eh, die hören nichts«, aber das war nicht wahr, wir haben alles gehört und nichts vergessen.

Darüber geredet haben wir aber nie, meine Schwester und ich, das wäre uns viel zu unangenehm gewesen.

Mit 13, nach der Pflichtschule, arbeitete ich ein Jahr lang bei einem Bauern, der bei uns in der Nähe lebte. Dann wollte ich etwas lernen und der Hausarzt sagte zu meiner Mutter: »Das ist a schmaler, schwacher Bua, der kann nix lernen, du kannst ihn maximal zum Schneider ausbilden lassen.«

So machte sich meine Mutter auf die Suche nach einer Lehrstelle und wir fanden dann auch bald eine. Ein guter Freund, der als Bäcker in Engerau arbeitete, damals Teil des Deutschen Reiches, kannte einen deutschen Schneidermeister im gleichen Ort und vermittelte mich als Lehrling in seine Werkstatt. Dort kam ich im August an und kann mich noch gut daran erinnern, dass am dritten Tag meiner Lehre Dresden bombardiert wurde. Mein Meister, der ursprünglich aus Dresden kam, weinte und weinte und rief immer wieder: »Dresden, mein schönes Dresden!«

Ich kam bei einer Bekannten meines Chefs unter, eine Norddeutsche aus Hamburg, die mir ein freies Zimmer in ihrer Wohnung zur Verfügung stellte. Als ich einmal krank wurde, meinte mein Chef zu mir: »Komm Josef, du bist krank, du schläfst jetzt bei uns!« und stellte ein Bett in seinem Zimmer auf, wo er mit seiner Frau schlief.

Vermutlich hatte er das Gefühl, sich um mich kümmern zu müssen, weil ich keine Familie in Engerau hatte und ganz alleine war. Dort schlief ich dann und bekam wieder das mit, was ich schon zu Hause erleben musste.

»Nein, nein, ich will kein Kind!«, sagte Maria, seine Frau, immer wieder zu ihm.

Auch sie wollte es nicht, genauso wenig wie meine Mutter, und auch sie ließ alles über sich ergehen. Sie bekamen nie ein Kind, Maria hatte Glück, sie wurde nicht schwanger. Die Sätze, die sie ihm währenddessen immer sagte, sind mir aber nie aus dem Kopf gegangen, das bleibt für immer hängen: »Sei doch ruhig, du weckst den Josef!«

»Der wird das schon verstehen«, sagte er zu ihr.

Ich habe mich damals so geschämt und mich einfach schlafend gestellt in der Hoffnung, dass es bald vorbei ist, weil ich nicht wusste, was ich sonst tun sollte. Ich kannte die Situation ja schon von zu Hause, gewöhnen konnte ich mich aber nicht daran. Gewöhnen kann man sich an so etwas nicht.

Man kann sich nur vornehmen, es anders, besser zu machen und das nahm ich mir auch vor, damals schon: »Nie in meinem Leben werde ich eine Frau so behandeln.«

Eines Tages musste ich einen weißen Damenmantel ausliefern, den wir in der Werkstatt für eine Frau genäht hatten. Ich setzte mich aufs Rad und machte mich auf den Weg. Der Frühling war gerade im Vormarsch und der Schnee begann unter den ersten Sonnenstrahlen matschig zu werden. Irgendwann kam ich zu einem Bahngleis, wo ich beim Überqueren der Schienen ausrutschte, der weiße Mantel flog davon und landete direkt im Gatsch.

»Oh nein, was mach ich jetzt«, dachte ich mir und radelte in völliger Verzweiflung zu meinem Bäckerfreund, der in der Nähe arbeitete.

»Komm her, Josef, wir gehen in die Backstube, da ist es heiß, da werden wir den Mantel trocknen und den Schmutz ausbürsten«, sagte er zu mir.

So machten wir das dann auch, und als wir dastanden und gemeinsam den Schmutz aus dem Mantel bürsteten, sagte mein Freund zu mir: »Josef, die Golser, die tun schon evakuieren, die Russen kommen.«

Ich kann mich noch erinnern, dass ich damals gar nicht wusste, was evakuieren heißt.

»Sie flüchten!«, rief mein Freund, »lass uns zusammen hinfahren, sonst sehen wir unsere Liebsten nicht mehr.«

So wie meine, lebten auch seine Eltern am Land in Gols, während er sein Geld in der Stadt verdiente.

Nachdem ich den Mantel bei der Dame abgeliefert hatte, fuhr ich zurück in die Werkstatt. Dort sagte mein Chef zu mir: »Josef, ich muss nach Prag einrücken. Du fahr nach Hause zu deiner Familie, und wenn du Glück hast und alles vorüber ist, komm wieder zurück zu mir.«

Das war das letzte Mal, dass ich ihn sah.

Mit meinem Freund und einem Koffer in der Hand eilte ich zum Bahnhof, wo wir über die Durchsage hörten, dass keine Züge mehr fuhren.

»Mensch, was tun wir jetzt«, dachte ich.

»Ich hab' eine Tante in Kittsee, das ist eine kleine Ortschaft nahe der Grenze, lass uns hinmarschieren, dort können wir schlafen und vielleicht fährt am nächsten Tag ein Zug nach Neusiedl«, sagte mein Freund.

So lebensmutig, wie wir waren, machten wir uns wirklich auf den Weg. Jeden Tag regnete ein Bombenhagel auf uns herunter, während wir auf der Straße marschierten, die Koffer am Kopf, in der Hoffnung, nicht getroffen zu werden. Als hätte das irgendetwas gebracht.

»Mensch, was wollt ihr denn hier? Die Russen kommen!«, riefen uns die Menschen zu, denen wir auf unserem Weg nach Hause begegneten.

Die müssen uns für völlig verrückt gehalten haben, aber wir ließen uns nicht beirren und marschierten und marschierten. Wenn es von überall her Bomben herunterregnet, wo soll man denn sonst hin, wenn nicht zu seinen Liebsten?

Wie durch ein Wunder kamen wir bei der Tante meines Freundes an und konnten am nächsten Tag einen Zug nach Neusiedl nehmen. Von dort aus machten wir uns auf den Weg nach Gols, wieder zu Fuß, wo uns schon ein Ochsengespann mit den ersten Flüchtlingen entgegenfuhr. Das waren Golser, die gerade dabei waren, das Dorf zu verlassen, und uns fragten: »Wo wollts ihr denn hin? Dahoam? Ja, was machts'n ihr dahoam? Da kommen schon die Russen!«

Irgendwer, der mit dem Auto zufällig in dieselbe Richtung fuhr wie wir, nahm uns dann mit und wir schafften es tatsächlich rechtzeitig zu unseren Familien. Ich zu meiner Mutter und Schwester, er zu seinen Eltern. Mein Vater war damals in Frankreich in Kriegsgefangenschaft, das Dorf war leer, die Menschen weg, von den Russen keine Spur. Ein deutscher Soldat war noch da und meinte mit Blick auf die Nachbarsmädchen: »Die werden noch viel weinen.«

Später erst verstanden wir, was er damit meinte.

Gemeinsam mit den übriggebliebenen Nachbarsleuten, ihren Töchtern und Buben, die so alt waren wie ich, bauten wir uns einen Bunker oben in den Weingärten, brachten Strohballen hinein, die uns als Schlafplätze dienten, und einen Ofen, um uns etwas zu kochen. Dort versteckten wir uns, in der Hoffnung, dass die Russen uns nicht entdecken würden.

Am nächsten Morgen, es war Ostersonntag in der Früh, schickte meine Mutter mich und die anderen Buben ins Dorf und sagte: »Buben, schauts hinein, ob die Russen schon da sind.«

Vorsichtig gingen wir zurück, sahen keinen Menschen weit und breit, als plötzlich einer von den Buben sagte: »Mensch, da ist ein Russ' geritten!«

Geschwind liefen wir fort, auf und davon, zurück in die Weingärten, von wo man schon sehen und hören konnte, wie die Russen ein Haus nach dem anderen in Brand steckten.

»Da brennt's und da brennt's und da brennt's«, sagte meine Mutter.

Es dauerte nicht lange, bis sie auch uns fanden. Sie kamen dahergeritten, die Russen, stürmten in unseren Bunker, packten zwei der Nachbarsmädchen an der Hand und legten sie ein paar Schritte neben uns nieder. Vier Russen waren es. Zwei machten es mit einem Mädchen, zwei mit dem anderen. Vor unseren Augen, vor den Augen ihrer Eltern. Meine Güte, diese Mädchen haben so geschrien, vor allem die 15-Jährige, das werde ich nie vergessen. Wir standen nur da, weinten und konnten ihnen nicht zur Hilfe eilen. Zweimal haben sie sie vor unseren Augen vergewaltigt, dann zogen sie weiter. Und irgendwann zogen sie ab. Wir kehrten zurück in unser Dorf und wieder dachte ich mir: »Nie in meinem Leben werde ich eine Frau so behandeln.«

Zweieinhalb Jahre nach dem Krieg kehrte mein Vater aus der Gefangenschaft zurück. Er kam in der Nacht, die Wirtshäuser hatten schon offen, und sein erster Weg führte ihn nicht zu uns, sondern ins Gasthaus. Dort traf er einen Nachbarn und fragte den, ob seine Familie noch lebte.

»Ist der Bua a dabei?«, soll er gefragt haben.

»Jo! Wos der scho gewachsen ist!«, sagte mein Nachbar, und wissen Sie, was mein Vater ihm antwortete?

»Na, den brauch ich ja eh nicht!«

Das hat er mir im Nachhinein erzählt, der Nachbar, und ich glaubte ihm jedes Wort.

Es war ungefähr Mitternacht, als es am Fenster klopfte. Meine Mutter kam zu mir gelaufen und sagte: »Gehst du bitte zum Fenster, Seppel?«

Da stand er plötzlich vor uns, mein Vater, den wir seit Jahren nicht mehr gesehen hatten, und das Erste, was er zu meiner Mutter sagte, war: »Von wo hast'n das viele Holz her?«

Er meinte das Brennholz, das ich mit den Nachbarn aus dem Wald geholt und vor unser Haus getürmt hatte. Wahrscheinlich konnte er sich gar nicht vorstellen, dass ich, sein Sohn, den er das letzte Mal als kleinen Buben gesehen hatte, überhaupt dazu in der Lage war, so viel Holz zu schleppen.

»Der hat a Hulz gemacht?«, sagte er in meine Richtung.

Mein Vater war eifersüchtig und hatte Angst, dass meine Mutter in der Zwischenzeit einen anderen Mann gefunden hatte. Und das, obwohl sie nie wirklich geliebt hat. Nur besessen hat er sie. Meiner Mutter wäre es lieber gewesen, er wäre gar nicht zurückgekommen.

»Brave Soldaten sind gefallen und er ist nach Hause gekommen«, sagte sie hinter seinem Rücken immer wieder zu mir und musste ihn noch bis zu seinem Tod aushalten.

Kurz bevor er starb, nach dem ersten Schlaganfall, fragte er immer wieder, wieso der Seppel nicht kommt. Lustig, da war ich plötzlich wieder der Seppel für ihn und nicht der Josef.

»Er hat mich nicht wollen, er braucht mich auch jetzt nicht«, sagte ich zu meiner Schwester, die versuchte, zwischen uns zu vermitteln.

Sie meinte nur: »Na geh, sei nicht so«, und wollte mich überreden zu kommen.

»Ich soll nicht so sein? Wie ist er denn gewesen? Hast du das vergessen?«

Und so starb er, ohne dass ich Abschied nahm. Bereut habe ich es nie, bis heute nicht und verziehen hab' ich ihm auch nie. Ich kann nicht. Für ihn war ich ein Niemand und so habe ich mich auch immer neben ihm gefühlt: wertlos. Meine Mutter werde ich für immer in Ehren halten. An beide muss ich immer wieder denken, nur, dass die Gedanken an ihn wehtun und dieser Schmerz, der geht nie weg, ich weiß gar nicht warum.

Meiner eigenen Frau und unseren Kindern war ich ein guter Mann und Vater, denen habe ich sehr viel Liebe gezeigt. Ich habe es ganz anders gemacht als er, so, wie ich es mir immer vorgenommen hatte. Ich musste mich ja gar nicht bemühen, es anders zu machen als mein Vater. Wie er zu sein, das muss man können und ich bin froh, dass ich es nie konnte.

Das Medaillon

Es wird wohl eine Weinvergiftung gewesen sein, irgendein kleineres Gebrechen, dass mein Bruder Karl als Jugendlicher nach Sankt Pölten ins Krankenhaus kam. Damals gab es dort keine Krankenschwestern, nur Klosterschwestern. Lang war er nicht dort, aber zum Abschied gaben sie ihm eine Medaille der Maria Mutter Gottes mit, ein dünnes Goldkettchen und ein paar kleine Anhänger. Ein kleines goldenes M und ein Kreuz darüber, er schenkte mir eines davon. Wir haben es beide an der Front getragen, verloren habe ich es erst im russischen Lazarett.

Aufgeschrieben von: Laura Fischer

Meine Kindheit habe ich auf unserem Hof verbracht, mit fünf Geschwistern, meinem Vater und meiner Tante. Meine Mutter starb, als ich zwei Jahre alt war, also heiratete mein Vater ihre Schwester. Von da an nannten wir die Tante Mama. Bis ich 15 war, ging ich in die Schule, danach arbeitete ich in der Landwirtschaft meiner Eltern mit. Bis zum 14. Oktober 1942, da war ich 18 Jahre alt. Das war der Tag, an dem der Einrückungsbefehl kam.

Für mich und meinen zwei Jahre älteren Bruder Karl, einen gelernten Fleischhacker, begann die Reise in St. Pölten. Von dort kam ich zusammen mit tausend anderen 18-jährigen Rekruten zuerst nach Dünkirchen, Frankreich, zur Ausbildung. Maschinengewehre zerlegen, wieder zusammenbauen, marschieren, sich auf Angriffe vorbereiten, wir lernten das ganze Programm. So lange, bis einmal wieder die englischen Flieger über uns waren. Wir rannten hinaus, aber mich traf nicht etwa eine Bombe, nein, ich stieg mit dem Fuß in ein Loch und verdrehte mir den Knöchel. Es war, als wollte mich der Himmel vor der Front schützen.

Als wir Rekruten nach Blankenberge in Belgien versetzt wurden, ging ich in den Nachbarort Brügge ins Lazarett zum Röntgen. Später kam ich ins Kriegslazarett in Brüssel. Bis Februar 1943 haben sie mich behalten, am 28. Februar wurde ich entlassen. Aber wo musste ich danach hin? Ich dachte, ich würde zurück zu meiner Einheit fahren, aber sie sagten mir, ich muss nach Luxemburg. Man schickte mich in die Prinzregentenstraße in Luxemburg, dort war eine ehemalige Schule. Als ich dort ankam, kam gerade ein Unteroffizier mit drei oder vier Männern heraus. »Kommen Sie vom Lazarett?« Ich bejahte die Frage. »Dann kommen S' mit zum Truppenarzt.« Der Arzt schrieb mich sofort kv., kriegsverwendungsfähig. Dabei hatte ich noch nicht einmal die Ausbildung fertig. Immerhin bekam ich einen Urlaubsschein für 14 Tage. Ich war 19, als ich an die russische Front geschickt wurde.

Im Oktober 1943 war ich bereits im Osten an der Stellung. Wir harrten in Holzhütten aus, beim zweiten Spatenstich kam unter uns schon das Wasser. Da waren so viele Ratten. Die Pfoten fühlen sich so weich an, wenn sie einem über das Gesicht trippeln, aber da gewöhnt man sich daran. Da war ich nun, an vorderster Front, ohne Grundausbildung, wir hatten nicht mal Munition. Ich hatte nur mein Medaillon. Und die Russen haben angegriffen. Wir waren wie die Hasen, die Russen haben nur geschossen, geschossen, geschossen. Ich rannte zu den Stauden, die am Feld wuchsen, zehn Meter hatte ich noch bis zu einem Busch. Ich sah schon, wie ein

Russe wieder auf mich zielte. Heilige Maria, hilf mir, dass ich durchkomm, dachte ich mir. Und ich kam durch. Es war das erste von vielen Malen, dass mir die Mutter Maria geholfen hat. Über sie lass' ich nichts kommen.

Am 1. Juli 1944 erwischten sie uns. Die, die verwundet waren, wurden sofort erschossen, alle anderen mussten ausharren. Man ist ja dann kein Mensch mehr für sie, man muss machen, was sie sagen. Sitzen, dann wieder stehen, dann sitzen. Irgendwann kam ein Offizier zu uns und sagte, er sucht sich jetzt fünf Männer aus zum Erschießen. Ich habe so gezittert, ich war damals ja erst zwanzig Jahre alt. Fünf suchten sie dann wirklich aus und erschossen sie. Am nächsten Tag kam ein Russe zu mir, zog mir die Schuhe aus, die guten Stiefel von der Wehrmacht, und stellte mir seine eigenen, billigen hin. Zufällig haben sie mir gepasst. Zum Glück gab er mir seine, sonst wär ich bloßfüßig im Schnee gestanden. Ich habe andere gesehen, die hatten nur Unterhosen und ein Hemd. Dann kam der Schnee. Bis zum 9. Juli bekamen wir nichts zu essen. Wissen Sie, was wir gegessen haben? Löwenzahn, mitsamt Wurzeln. Wie die Kühe. Und Birkenrinde. Aber Hunger ist der beste Koch.

In russischer Kriegsgefangenschaft kam ich ins Ziegelwerk zum Arbeiten. Sechshundert Gramm Brot in der Früh und dann zwölf Stunden Arbeit. Als der russische Winter kam, minus dreißig Grad und Schnee, lernten wir, was Kälte ist. Ich hatte noch die Schuhe vom Russen, schlechte Schuhe, nicht wie die Stiefel der Wehrmacht. An allen Ecken und Enden zerfielen sie, ich spürte den Winter unter den Fußsohlen. Im Ziegelwerk hingen Planen und ich dachte mir, wenn ich ein Stück von einer abreiße, kann ich sie um den Schuh wickeln und mit einem Draht zubinden. Zumindest gegen den beißenden Wind würde es helfen. Als ich versuchte, die Plane abzu-reißen, erwischte mich ein Offizier. Kerker. Zusammen mit einem anderen, er hatte Mehl gestohlen, warfen sie mich in ein Kellerloch. Und kamen nicht wieder. Am Samstag bekam ich kein Essen und kein Trinken. Am Sonntag bekam ich kein Essen und kein Trinken. Am Montag bekam ich kein Essen und kein Trinken. Am Dienstag bekam ich kein Essen und kein Trinken. Am Mittwoch bekam ich kein Essen und kein Trinken. Wie ich das überlebte? Im Kerker war ein kleines Gitterfenster, da hat es furchtbar durchgezogen, davor war Schnee. Essen konnten wir ihn nicht, aber immerhin war die Luft feucht davon. Zum Glück waren wir zu zweit, allein wäre es aus gewesen. Dann, endlich, kamen am Donnerstag zwei Russen herein. Essen haben sie nicht gebracht, dafür eine Waffe. Einer von ihnen hielt sie mir an die Schläfe, und ich wusste, jetzt sterbe ich. Wissen Sie, was die meisten Soldaten sagen, kurz bevor sie sterben? Sie sagen: »Mama.« Und ich betete auch zur Mutter, zur Mutter Gottes. Meine Kette war mir irgendwann abgerissen, aber mit einer Schnur hatte ich mir das Medaillon wieder umgebunden, heimlich. Die Russen waren ja Kommunisten, sie hätten mir die Kette weg-genommen, wenn sie sie gesehen hätten. Zwanzig Sekunden hielt er mir die Waffe an den Kopf, vielleicht fünfundzwanzig, und ich zitterte und zitterte. Dann endlich riss er sie weg und lachte.

Schon vor dem Kerker hatte ich Urin im Blut gehabt, der Auf-enthalt hatte es nicht unbedingt bessergemacht. Immerhin ließen sie mich von einer Ärztin anschauen und sie sagte, ich muss ins La-zarett. Aber das war ja kein wirkliches Lazarett, nur eine Holzhütte. Da habe ich nicht einmal Betten darin gesehen, wir sind nur auf Draht gelegen. Ausziehen konnten wir uns auch nicht, weil man nicht mit bloßer Haut auf dem Draht liegen kann, also legten sie mich einfach angezogen auf so ein Gitter.

Endlich bekam ich etwas Brot, aber da war ich schon zu schwach, um es zu essen. Kurz bevor ich einschlief, betete ich noch einmal zu Maria, jetzt war ich mir sicher, dass es vorbei war. Aber mein Medaillon half mir auch dieses Mal. Mitten in der Nacht wachte ich auf, und plötzlich hatte ich wieder Appetit. Ich aß das ganze Brot auf und schlief wieder ein, und am nächsten Tag fühlte ich mich tatsächlich besser. Ich hatte die Nacht überstanden und auch kein Blut mehr im Urin. Bald konnte ich das Lazarett verlassen. Nur das Medaillon verlor ich dort. Viel geredet hat man damals nicht miteinander, jeder hat seinen Hunger gehabt, für sich allein. Aber anscheinend brauchte es von da an einer dringender als ich. Ich bin überzeugt, dass es jemandem nach mir geholfen hat.

Nach dem Krieg, im 47er Jahr, durften die Österreicher heimfahren. Ich war aber nicht dabei, der Dolmetscher hatte mich nämlich als Germanski gemeldet, Deutscher. Also habe ich mich gerührt und bin zu einem Offizier hin. »Bist du Germanski?« »Nein, ich bin Austrianer, Österreicher«, habe ich gesagt. Ein halbes Jahr verging, dann holten sie mich zum Verhör. Ein russischer Posten führte mich in das Haus, drinnen saßen sieben Offiziere an einem Tisch. Je drei an einer Tischseite und einer an der Stirnseite. »Setz dich.« Einer von ihnen sprach perfekt deutsch. Dann musste ich meinen Lebenslauf aufsagen. »Ich kann Ihnen nicht viel erzählen, ich bin erst zwanzig Jahre alt«, sagte ich zu ihm. »Bis ich 15 war, bin ich in die Schule gegangen, dann war ich drei Jahre daheim, dann habe ich einrücken müssen.« Wo in Russland ich gewesen war, interessierte ihn. »Hundert Kilometer östlich von Smolensk waren wir im Einsatz.« Das erklärte ich ihm lang und deutlich, ich musste nach der Schrift reden, nicht im Dialekt, damit er alles verstand. Die anderen rührten sich nicht, man hätte eine Maus rennen gehört, so still war es. Eine Viertelstunde lang übersetzte er alles den anderen sechs auf Russisch. Als er fertig war, hatten sie eine Diskussion über das, was ich da gesagt hatte. Bis er zu mir sagte: »Du kannst gehen.« Als ich ins Lager zurückkam, sagt der Lagerführer zu mir: »Was war denn leicht?« »Ich weiß ned, der hat mich da ausgefragt.« »Ja, das war ein Verhör«, sagte er. So im Nachhinein betrachtet war es aber ein gutes Verhör.

Mein zweites Verhör verlief weniger freundlich. Ich wollte nach Hause, immerhin durfte ich es eigentlich als Österreicher, also beharrte ich darauf, zurückgeschickt zu werden. Davor musste ich aber durch noch eine Befragung, also stand ich bald um zehn in der Früh wieder vor den Russen. Beim Rückzug hatte die Wehrmacht russische Häuser angezündet, und nun beschuldigten sie mich, auch vier in Brand gesteckt zu haben. Dabei hatte ich gar keines angezündet, ich war ja an der Front gewesen. Zwei Stunden lang sagte ich immer dasselbe, aber sie ließen nicht locker. Ich wusste nicht mehr, was ich sagen sollte. Also betete ich. »Maria hilf mir, ich kann nicht mehr weiter.« Das Medaillon hatte ich da nicht mehr, aber plötzlich spürte ich trotzdem eine innere Stärke. Wie schnell das geht. Ich hatte plötzlich so eine Kraft, da fiel mir das alles leicht. Der Offizier konnte mir nichts mehr anhaben, ich war sogar frech zu ihm. Er fragte mich wieder, wie viele Russen ich erschossen hatte. Ich weiß es nicht, antwortete ich. Ob ich geschossen habe. »Freilich, aber ob ich auch wen erwischt habe, weiß ich nicht. Ich war ja an der Front.« Dann fragte er mich wieder: »Wie viele Häuser hast du angezündet?« Und ich sagte: »Gar keines, ich habe keins angezündet.«

Am Ende holte er ein Heft raus, dort sollte ich unterschreiben. Aber ich wollte nichts unterschreiben. Ich trau ihm nicht, sagte ich ganz frech. Ich habe so eine Kraft gekriegt, sowas kann man sich gar nicht vorstellen. »Unterschreib«, sagte er, und las mir alles vor, was dort auf Russisch stand. »Das ist dein Glück.« Am Ende habe ich doch unterschrieben, aber schlafen konnte ich nicht danach.

»Alle antreten!«, sagte der russische Lagerführer am nächsten Tag, das ganze Lager. Dann las er vor, wer heimdurfte. Der erste Name? Das war ich. Die Mutter hatte mir wieder geholfen.

Am nächsten Tag fuhren wir los, aber nicht gleich nach Hause. Zuerst ging es in ein anderes Lager, ins russische Gomel. Erst am 9. Juni 1948 habe ich Russland verlassen. Dann ging es die Karpaten hinunter, über die ungarische Grenze nach Rumänien. Wieder in ein Lager. Dort waren fünfhundert andere Österreicher, und für uns hieß es mal wieder ausharren. Der Juli ist vergangen, der August, der September. Am 9. oder 10. Oktober hörten wir plötzlich: »Austria, schnell, schnell, die Garnitur von Österreich ist da.« Wir wurden in die Waggons eingeteilt, ich war in Waggon 15. In einem tollen Zustand waren sie nicht, die Fenster waren alle mit Brettern verschlagen. Als wir aus dem Lager marschierten, kamen die rumänischen Frauen und Kinder aus ihren Hütten und rannten uns nach. »Seife«, sagten sie, das war das Einzige, was sie auf Deutsch sagen konnten. Sie hatten nichts, also gaben wir ihnen das, was wir noch hatten, darunter die Reste unserer Seife. Als es dunkel wurde, fuhren wir los. Auf der Fahrt bekamen wir wieder nichts zu essen, bis zur ungarischen Grenze. Dort gaben uns die Ungarn Gulasch und ein Brot dazu. Das war so gut. Auf einmal bleibt der Zug wieder stehen, wir hörten draußen deutsch reden. Das war am 12. Oktober. Einer stieg aus und ich hörte: »Servas!« Da waren wir an der burgenländischen Grenze. Dort standen wir lange. Bis wir in der Früh in Wiener Neustadt einfuhren.

In Wiener Neustadt standen sie mit den Tafeln, mit den Bundesländern drauf, damit jeder wusste, wo er hinmuss. Nachdem ich meine Adresse angab und einen Entlassungsschein ausgestellt bekam, durfte ich endlich nach Hause. Um sechs Uhr in der Früh hatte das Radio an dem Tag die Adressen durchgesagt, die wir angegeben hatten, und so erfuhren meine Eltern, dass ich dabei bin. Als sie es hörten, haben sie geweint. Am 12. Oktober 1948 um vier am Nachmittag kam ich wieder nach Hause an den gedeckten Tisch.

Mein Bruder Karl hatte genau so ein Medaillon wie ich, als er einberufen wurde. Am 30. Jänner 1943 ist er gefallen. Im Brief von der Kompanie stand: durch einen Kopfschuss. In Wirklichkeit hatte er einen Splitter im Bauch. Er hatte Schmerzen, so lange, bis er starb.

Nach dem Gespräch steht der 95-Jährige auf, geht langsam zu seinem Schrank und holt eine kleine Schatulle heraus. Darin liegen ein paar goldene Anhänger mit einem eingeprägten M darauf und einem kleinen Kreuz darüber. »Nehmen Sie sich eines«, sagt er. »Es wird Sie beschützen. «

Leidenschaft

Sieben Bücher hat er in den letzten Wochen angefangen zu lesen und dann wieder aufgehört. Er kann sich nicht mehr konzentrieren. Der Blasenkrebs und die Metastasen in seiner Lunge lassen es nicht zu. Dieser geistige Schwund, den findet er noch viel schlimmer als den körperlichen. Rudolf ist 75 Jahre alt und lebt mit seiner Frau Anastasia in ihrem gemeinsamen Haus im kleinen niederösterreichischen Lassee. Er lehnt sich nach hinten in seinen Bürostuhl und atmet tief aus. Seine Frau hat ihm gerade dabei geholfen, die Beine am Tisch abzustellen. »*Das ist die angenehmste Position für mich*«*, sagt Rudolf und beginnt zu erzählen.*

Das Gespräch wurde geführt von: Marija Barisic

Ich hatte immer jüngere Frauen, mein ganzes Leben lang. Die erste war zehn, die zweite sechzehn und meine letzte Frau Anastasia ist zwanzig Jahre jünger als ich. Heute sage ich spaßeshalber: »So habe ich mich im Laufe meines Lebens hinaufgearbeitet.«

Was mir daran gefallen hat? Wahrscheinlich das, was einem immer an jungen Persönlichkeiten gefällt: das Frische, Unbekümmerte, Neugierige. Es sind Menschen, die noch keine Mauern um sich erbaut haben, die auf der Suche sind, offen für Neues, und sich den Kopf nicht darüber zerbrechen, was alles schiefgehen könnte. Wir Alten haben unsere festgefahrenen Meinungen und sehen das Leben in dem einen Bereich absolut so, in dem anderen Bereich absolut so und im dritten absolut so. Das finde ich schade, weil es uns begrenzt und von all den Möglichkeiten ausschließt, die das Leben sonst noch so bereithält. Und so hatte ich immer eine gewisse Faszination für jüngere Gemüter.

Meine erste Ehe mit Nora ist in die Brüche gegangen, weil sie nicht mehr wollte.

Wir stritten damals sehr viel, was meistens von ihr ausging und immer im selben Vorwurf mündete: »Du beteiligst dich zu wenig am Haushalt!«

Sicher hatte sie Recht. Wenn Sie wissen wollen, mit welchem Weltbild wir damals groß wurden, schauen Sie sich doch einmal Ku'damm an, eine Serie aus den Sechzigern, wo ein fürchterliches, ein wirklich erschütterndes Frauenbild transportiert wird. Dagegen war ich ja noch harmlos! Trotzdem bleibt wohl was hängen von dieser Erziehung, und das zeigte sich in meiner ersten Ehe eben im Haushalt. Der war sicher nur einer von vielen Gründen, warum meine Frau nicht mehr wollte.

Diesen einen einzigen Grund, der erklärt, wieso zwei Menschen beschließen, getrennte Wege zu gehen, gibt es ja ohnehin fast nie. Nur einen Ausgangspunkt, den gibt es immer, und dann all die anderen Streitigkeiten, die daraus folgen und nichts mehr mit der ursprünglichen Sache zu tun haben. Solche, die im Kostüm eines Haushaltsstreites daherkommen, sich in Wahrheit aber als ganz andere Konflikte entpuppen. Wenn man zum Beispiel unzufrieden ist mit dem

Sex, meckert man eben lieber über den Haushalt. Das ist einfacher, weil über Sex zu reden ist ja tabu. Wenn es wichtiger ist, sein Gesicht zu wahren, als offen und ehrlich miteinander zu sprechen, hat eine Beziehung keine lange Lebensdauer.

So ungefähr war das mit Nora und mir. Sie sagte mir ja nicht einmal, dass sie sich trennen will, sondern reiste einfach alleine nach Sizilien.

»Für zwei Wochen«, sagte sie damals zu mir.

In der zweiten Woche verlängerte sie den Urlaub dann und mir war klar: Es ist aus. Ich packte meine Sachen zusammen, hinterließ ihr die Wohnung samt Möbeln und zog ins Studentenheim zu Veronika, meiner neuen Freundin. Viel Zeit hatte ich damals nicht, um meiner verlorenen Ehe nachzutrauern.

Veronika traf ich zufällig beim Feiern. In der zweiten Woche, als meine Frau beschlossen hatte, ihren Urlaub zu verlängern. Den Annäherungsversuch startete ich aber erst in der dritten Woche, als ich wusste, dass sie, wenn überhaupt, nicht mehr so bald zurückkommen würde. Gekannt habe ich Veronika schon von früher, von einem gemeinsamen Urlaub in Mali Losinj, einer sehr schönen Hafenstadt im ehemaligen Jugoslawien. Aufgefallen ist sie mir damals aber nicht. Wir waren in einer größeren Gruppe verreist, aber ich hatte zu dem Zeitpunkt ja nur Augen für Nora. Als wir uns dann Jahre später beim Feiern wieder trafen, wusste sie natürlich, dass ich einen Ring am Finger hatte, aber sie war Single und nahm nicht viel Rücksicht darauf, dass ich es nicht war.

Dass Nora wieder zurück aus dem Urlaub war, bemerkte ich an ihren nächtlichen Anrufen: »Bitte, bitte, komm zu mir«, flehte sie mich an, und ich war so dumm und kam wirklich.

Natürlich hat Veronika darunter gelitten. Welche Frau hat das schon gern, dass ihr Freund um halb drei in der Nacht zu seiner Ex-frau fährt, um sie zu trösten? Das war schon ziemlich dumm von mir. Dabei ist mit Nora gar nichts mehr gelaufen, die wollte nur unbedingt befreundet bleiben. Eines Tages eröffnete mir Veronika dann, dass sie jetzt nach Berlin fahren würde, um einen Bekannten dort zu treffen.

»Oh nein, zuerst Sizilien, jetzt Berlin«, dachte ich und wusste schon, was auf mich zukommen würde. Ich war enttäuscht und tat das, was ich schon bei meiner letzten Beziehung getan hatte und mittlerweile zu meiner Gewohnheit wurde: Ich verließ die Woh-nung, hinterließ ihr alle Möbel und kam mit meiner neuen Freun-din zusammen: mit Christina.

Rückblickend glaube ich, dass ich ein bisschen feig war, weil ich nie alleine leben wollte. Deswegen sprang ich von einer Beziehung in die nächste, statt mich damit auseinanderzusetzen, warum meine vorherige in die Brüche gegangen war. Es war schlicht und einfach der bequemere Weg und eine gute Möglichkeit, die negativen Ge-fühle aus meinem Leben zu verbannen, die meist erst dann hoch-kommen, wenn man alleine ist. Aber so reflektiert war ich damals noch nicht. Erst viele Jahre später, in einer Sitzung mit meinem Therapeuten verstand ich, dass das so nicht funktioniert mit den

Gefühlen. Je mehr man sich in den negativen begrenzt, desto mehr nimmt man sich auch auf der positiven Seite weg. Man kann sich nicht zwischen guten und schlechten Gefühlen entscheiden, wissen Sie? Es sind zwei Seiten derselben Medaille. Entweder man entscheidet sich zu fühlen, dann fühlt man alles, oder man entscheidet sich dagegen, dann fühlt man nichts. Und das ist eigentlich das Schlimmste, was einem Menschen passieren kann.

Von Christina kam ich zehn Jahre lang nicht los. Ich könnte bis heute nicht genau sagen, was es war, das mich so lange an ihr festhalten ließ. Sie war ein sehr liebes, einnehmendes Wesen, das offen und neugierig war, aber intellektuell hat es leider etwas gehapert. Das klingt unglaublich arrogant, aber ich habe mich ihr immer überlegen gefühlt und das habe ich sie auch spüren lassen.

Irgendwann sagte sie dann zu mir: »Rudolf, du willst ja nur bewundert werden und keine Liebe.«
Das stimmte sicher und hatte viel damit zu tun, dass ich sie ständig von mir überzeugen musste.

Kennengelernt haben wir uns damals in der Arbeit, ich hatte mich als Berater in der Computerbranche selbstständig gemacht und Christina war in meiner Firma als Mitarbeiterin angestellt. Das Problem war nur, dass sie sich nicht entscheiden konnte zwischen mir und Tommy, einem anderen Arbeitskollegen, der gleichzeitig ein guter Freund von mir war. Und so wechselte sie immer zwischen uns beiden ab. Zehn Jahre lang ging das so. Christina-Tommy, Christina-ich, Christina-Tommy, Christina-ich.

Meine Güte, das war wirklich eine ganz verworrene Geschichte, diese Dreiecksbeziehung. Und dann arbeiteten wir alle noch in derselben Firma! Natürlich hat das an meinem Selbstwertgefühl genagt, was glauben Sie denn? Ich, der große Chef, und dann muss ich mir solche Revierkämpfe geben? Meine anderen Mitarbeiter wunderten sich im Stillen schon über mich und dachten wahrscheinlich, dass ihr Chef völlig verrückt geworden ist. Aber irgendwie kam ich einfach nicht von ihr los und ich glaube, das hatte viel damit zu tun, dass ich ständig um sie kämpfen musste. Gerade, wenn man eine Person nie ganz hatte, fällt es besonders schwer, sie loszulassen, weil da immer noch diese Hoffnung besteht, dass sie einem vielleicht doch irgendwann gehören könnte.

Nach zehn Jahren raffte ich mich dann aber auf und sagte: »In 14 Tagen ziehst du aus Christina, du musst jetzt dein Leben auf deine Art führen.«

Diesmal meinte ich es wirklich ernst. Sonst, all die Male zuvor, ist sie gegangen und wieder zurückgekommen, weil entweder ich den Kontakt gesucht hatte oder sie. Niemand hat dem jeweils anderen nachgegiert, das war immer ein beidseitiges Verlangen. Und jetzt war's vorbei. Ich hatte genug von dem Spielchen und sie ist zurück zu Tommy, wo sie dann auch blieb. Bis zum Schluss. Irgendwann schluckte sie eine große Anzahl von Schlaftabletten und starb bei ihm. Tommy fand sie tot in seiner Wohnung, der Arme. Dann rief er mich an und nach mir alle anderen Mitarbeiter aus der Firma.

Zu sagen, dass wir nicht gesehen hatten, wie schlecht es ihr ging, wäre eine Lüge. Das ist im Übrigen immer eine Lüge, sofern man die Fähigkeit hat, ein bisschen weiter zu schauen als bis vor die eigene Haustür. Bei ihr ist damals viel zusammengekommen: berufliche Enttäuschungen, private, diese nervenaufreibende Dreiecksbeziehung und dann auch noch all die Drogen, die sie sich regelmäßig reingeworfen hat. Aber wer rechnet schon mit einem Selbstmord?

Diese ganze Sache nahm mich damals so mit, dass ich mir selbst das Versprechen gab: Rudolf, zweieinhalb Jahre, keine Frau mehr. Nicht einmal ein Rendezvous!

Bald darauf feierte ich meinen fünfzigsten Geburtstag und traf Anastasia.

Ich kannte sie ja eigentlich schon von einem guten Freund, der uns einige Monate zuvor miteinander bekannt gemacht hatte, im Kino, als wir uns einen Film zusammen ansahen, der schon den bedeutsam schweren Namen True Romance trug. Passiert ist damals nichts. Nicht einmal einen Gedanken hatte ich in diese Richtung. »Zweieinhalb Jahre, keine Frau mehr. Zweieinhalb Jahre, keine Frau mehr.« Es war das Mantra, mein Mantra, das ich überall mit mir herumtrug.

Zu meinem fünfzigsten Geburtstag mietete ich mir ein kleines Souterrainlokal in der Neubaugasse, zwei Bands — eine Rockband, eine klassische Band —, eine Bauchtänzerin und siebzig Leute waren eingeladen, auch Anastasia. An dem Abend forderte ich sie zweimal zum Tanz auf, ohne sie anzubraten, ohne überhaupt mit ihr zu flirten. Wir tanzten einfach nur. Sie war damals dreißig, aus der Ukraine und nur vorübergehend in Wien, weil sie einer Schülerin bei der Vorbereitung zur Russisch-Matura helfen sollte. Geplaudert haben wir auf Englisch, verstanden hätten wir uns vermutlich in jeder Sprache.

Nach ihr tanzte ich noch mit anderen Frauen, sie mit anderen Männern und so verloren wir uns für den Rest des Abends aus den Augen. Irgendwann verließ ich das Lokal, weil ich Geld aus meiner Wohnung holen musste, die lag in der gleichen Gasse, um den Abend zu bezahlen. Ich war gerade dabei, wieder zurück ins Lokal zu kommen, als sie, ungefähr fünfzig Meter vor mir, dabei war zu gehen.

Wir sahen uns an, gingen gleichzeitig aufeinander zu und begannen uns heftigst zu umarmen und zu küssen. Ohne auch nur ein Wort miteinander gewechselt zu haben. Kein: »Gute Nacht, danke, dass du da warst. Tschüss, mach's gut.« Nichts. Wenn Sie mich fragen würden, ob ich den Gedanken hatte, bevor ich zu meiner Wohnung gegangen war, sie anzusprechen – nichts dergleichen dachte ich. Das war ein ganz magischer, mystischer, wunderschöner Moment. Wenn ich sie damals nicht zufällig vor der Tür abgepasst hätte, wäre sie weg gewesen und wir hätten uns ziemlich sicher nie mehr wiedergesehen. Denn ihr Visum lief kurz danach aus und sie musste zurück in die Ukraine.

Zuerst telefonierten wir eine Stunde, dann telefonierten wir zwei Stunden, dann drei und als wir merkten, dass es so ausuferte, sagte ich: »Komm, triff mich in Paris.«

Ich reiste einen Tag vor ihr an und lief aufgeregt durch die Pariser Straßen, um ein perfektes Hotel für uns auszusuchen. Direkt am Place de la Sorbonne fand ich dann eines. Ein kleines, modernes Designerhotel von der Sofitel-Gruppe mit einer riesigen, beeindruckenden Holzskulptur, die sich über drei Stockwerke erstreckte. Dann eilte ich die Einkaufsstraße entlang, besorgte Blumen und Bilder, um das Zimmer vorzubereiten und aufzuhübschen, malte eine riesige Willkommenszeichnung, die ich an die Wand hängte, setzte mich nervös in die Lobby und wartete auf ihre Ankunft.

Bis tief in die Nacht saßen wir da, leerten eine Flasche Rotwein nach der anderen und plauderten, plauderten, plauderten. Ich kann mich noch gut an die Matratzen in diesem Designerhotel erinnern. Die waren im Gegensatz zum Rest des Gebäudes alles andere als modern. Wenn man sich hineinlegte, rutschte man immer wieder zueinander, als hätte man sich in einen Trichter gesetzt, der in der Mitte dieses Bettes mündete. Das störte uns aber nicht, weil es natürlich in einem anderen Sinne sehr anregend war. Darüber lachen wir bis heute, wenn wir über die alten Zeiten sinnieren.

Wissen Sie, es gibt so viele Menschen, die sich fragen: Liebe ich ihn oder sie wirklich? Und wenn ich an uns damals denke, an mich und Anastasia in diesem Hotel, dann wäre mir diese Frage nicht einmal im Entferntesten in den Sinn gekommen. So etwas braucht man nicht fragen, weil es sich ähnlich verhält wie mit der Frage nach der Sonne. Ob die Sonne heute aufgegangen ist, muss ich ja auch nicht fragen. Natürlich ist sie aufgegangen, sonst wäre es nicht hell! Und so ist das mit der Liebe.

Sie ist entweder da oder nicht da und wenn sie da ist, dann weiß man es. Dieses Gefühl ist so überwältigend, so hinreißend, so intensiv. Es lässt keine Fragen zu – zu seiner Existenz. Natürlich nimmt diese Intensität mit der Zeit ab, Gott sei Dank muss ich sagen, sonst könnte man sich ja auf nichts anderes mehr konzentrieren. Aber am Anfang steht das Gefühl und das äußert sich in jeder Faser deines Körpers, die diesen Menschen sehen und ihm entsprechen will.

Zu Anastasia sagte ich immer wieder: »Wenn ich dich nur hier am Arm berühre, ist das für mich mehr als die Sexualität mit einer anderen Frau.«

Und das habe ich ernst gemeint.

Noch in Paris gingen wir zusammen zur österreichischen Botschaft, um ihr ein Visum zu beschaffen, damit sie zu mir nach Österreich kommen konnte. Die Frau an der Botschaft, eine wirklich nette Dame, sah uns an und meinte nur, dass das Visum schon abgelaufen sei und sie uns kein neues ausstellen könne.

Ich beugte mich zu ihr herunter und sagte: »Ich bitte Sie. Wir LIEBEN uns.«

Und die hat's uns wirklich gegeben, das Visum! Rückblickend glaube ich, dass ich sehr überzeugend war, weil ich auch wirklich überzeugt war. Die muss das gespürt haben, diese Dame, und so kam Anastasia dann wirklich zu mir nach Wien. Die Liebe war auf unserer Seite.

Und das ist sie immer noch, bis heute. Ich würde sogar meinen, dass meine Liebe zu ihr intensiver wird, je schlechter es um mich steht. Ob sie diese Ansicht teilt, weiß ich nicht. Mir fällt aber auf, dass wir in letzter Zeit öfter als sonst schöne Szenen aus unserem Leben Revue passieren lassen, unsere Urlaube in Paris, Bali, Thailand. All die Operationen und die Frage, wie es mit mir weitergeht, haben dafür gesorgt, dass wir uns wieder viel inniger und intensiver spüren wollen. Sie hat aufgehört zu arbeiten, um sich um mich zu kümmern. Ich glaube aber, dass es mir besser mit der Situation geht als ihr, die als liebende Partnerin jeden Tag auf ihren baldigen Verlust schauen muss. Was hilft, ist, dass wir offen darüber sprechen. Da ist nichts Distanziertes oder Trauriges dabei.

Ich selbst habe gar keine Angst vor dem Tod. Weil ich ihn als meinen Freund sehe, der mich von meinen Leiden befreien wird. Ob's danach weitergeht? Na hundertprozentig! Für mich ist das Leben ein Abenteuerurlaub, der gerade durch seine Endlichkeit an Bedeutung gewinnt. Der Tod ist das Geschenk des Lebens. Er schenkt uns das Gefühl der Begrenzung und die Begrenzung schenkt uns Gedanken wie: Das will ich noch machen! oder: Wenn nicht jetzt, wann dann? Wahnsinnig machen lassen darf man sich von diesen Gedanken aber nicht.

Einfach immer lernbegierig und offen bleiben. Ich war immer offen für Möglichkeiten. Wenn man zumacht und sagt: »Von dem will ich nichts wissen und von dem auch nicht und von dem!«, dann hat's auch das Glück schwierig, weil es gar nicht hereinkommen kann.

Drei Wochen nach dem Gespräch, an einem Montag Anfang September, ruft Rudolfs Frau Anastasia an, um mitzuteilen, dass ihr Mann verstorben ist.

Der alles weiß
und alles kann

»Ich hatte immer schon ältere Männer«, sagt sie. »Der erste war nur fünf Jahre älter, alle danach aber schon deutlich mehr. Als ich meinen Mann heiratete, war ich 23, er war 43. Aber er war ein sportlicher, agiler Typ, deshalb hat mich das gar nicht gestört. Meine Eltern haben es am Ende auch akzeptiert.«

Aufgeschrieben von: Laura Fischer

Ich hatte immer den Wunsch, dass mein Mann so sein muss wie mein Vater. Schon als Schulmädchen war ich oft verknallt, meine erste große Liebe lernte ich aber erst im Studium zur Säuglingsschwester kennen. Es war auf einer Geburtstagsparty, zu der mich meine Cousine und ihr Freund mitgenommen hatten. Klaus-Dieter war damals zufällig auch dort. Ich fand ihn gleich sympathisch und wir haben uns in einander verguckt. Er war ein Künstlertyp, zu Weihnachten bekam ich da schon mal einen selbstgestrickten Pullover oder ein selbstgemaltes Bild. Ihn wollte ich heiraten, wir waren sogar schon verlobt, am Ende waren wir aber doch nur ungefähr drei Jahre zusammen, mit Abstrichen. Ich komme aus Freienwalde, er machte in Zwickau die Ausbildung zum Ingenieur, also sahen wir uns immer nur, wenn er freihatte. Wenn er mal da war, versuchten wir, uns so viel Zeit wie möglich zu nehmen, um auch mal allein zu sein. Bei meinen Eltern war das aber gar nicht so einfach. Damals gab es die Pille noch nicht, sie dachten sich wohl: Oh Gott, hoffentlich kriegt sie nicht sofort ein Kind. Also passten sie höllisch auf, dass sie uns nie allein lassen. Wir gingen trotzdem zu zweit aus, zum Männerchor oder zu Tanzveranstaltungen. In seinen Semesterferien fuhr ich zu ihm nach Zwickau ins Wohnheim. Wenn seine Kumpels aus dem Zwei- oder Dreibettzimmer nicht da waren, konnte ich auch mal dort schlafen. Damals war es ein Kunststück, wenn man sich mal alleine amüsieren konnte. War schon prickelnd.

Im letzten Jahr seines Studiums lernte er jemanden kennen. Sie war geschieden, ob sie Studentin war, weiß ich nicht. Überhaupt weiß ich alles nur von seinem Freund, der es mir erzählte. Die Frau wohnte direkt in Zwickau, also hatte sie natürlich mehr Zeit für ihn. Sie half ihm, die Abschlussarbeit zu schreiben, das konnte ich ja nicht, die Zeit hatte ich nicht. Erzählt hat mir das jener Freund von ihm. Er teilte mir späte auch mit, dass Klaus-Dieter die Sache beendet, weil er jemand anderen kennengelernt hat. Ich war damals total auf ihn eingefahren, ich liebte ihn und konnte mir gar nicht vorstellen, dass da jemand war, der ihn mir weggenommen hatte. Da war ich erst einmal kuriert von Männern, ein Jahr lang habe ich keinen mehr angeguckt.

Zum Glück hatte ich genug anderes zu tun. Mit meinem Studium als Säuglingsschwester wollte ich Hebamme werden, also habe ich ein Jahr Praktikum in einem Kinderkrankenhaus gemacht. Dort merkte ich aber schnell, die Schichtarbeit mit Früh- und Nachtschichten ist überhaupt nicht meins. Später studierte ich Ökonomie des Gesundheits- und Sozialwesens.

Während meines Praktikums wurde ich einmal zur Besichtigung eines Kinderferienlagers geschickt. Bei uns in Ostdeutschland gab es gemeinsame Kinderferienlager für mehrere Betriebe und ich fuhr zusammen mit einer Kollegin und einem Mann von der KWV, der damaligen Wohnungsbaugesellschaft, so ein potenzielles Ferienlager für mein Krankenhaus besichtigen. Während der Reise kamen wir drei ins Gespräch. Auf der Rückfahrt fragte mich der Mann von der KWV, ob er mich noch in eine Bar entführen dürfte. »Ja gerne«, sagte ich. In der Bar wurde es dann doch ziemlich spät und ziemlich angeheitert, obwohl wir beide am nächsten Tag früh raus mussten. Am Ende des Abends fuhr er mich mit seinem Dienstwagen nach Hause. So lernte ich die zweite Liebe meines Lebens kennen.

Mit ihm war es ganz anders als mit Klaus-Dieter. Er hatte damals eine leitende Funktion als technischer Direktor, also konnte er nicht einfach sagen, morgen treffen wir uns. So wie er konnte, stand er plötzlich vor der Tür und wir unternahmen etwas zusammen. Obwohl wir uns so sporadisch trafen, funkte es. Er stellte mich seinen Eltern, ich stellte ihn meinen Eltern vor, dann war er schon mal bei den ersten Familienfeiern und Geburtstagen dabei. Ein Jahr später fragte er mich, ob wir heiraten wollen.

Drei Jahre nach der Hochzeit kam unser Kind auf die Welt. Ich wollte immer ein Mädchen, bei einem Mädchen dachte ich mir, da habe ich mehr davon, weil es vielleicht länger zu Hause bleibt, geworden ist es ein Junge. Meine Eltern waren überglückliche Großeltern, vor allem mein Vater freute sich, dass mal ein Junge da war, er hatte zwei Mädchen bekommen, meine Schwester dann auch.

Am meisten freute sich aber mein Mann. Was Klaus-Dieter künstlerisch war, war mein Mann in technischen Dingen. Mit ihm konnte mein Sohn alles basteln, sie bauten Baukästen zusammen und Schiffe, mein Mann brachte ihm alles Handwerkliche bei. Sein Motto war: Geht nicht gibt's nicht. Aus allem wurde etwas gemacht, und wenn mal ein Gerät kaputt war, hat er es immer wieder hingekriegt. Das war der Mann, den ich mir gewünscht hatte, der, der so war wie mein Vater.

Mein Vater war bei uns zu Hause der Bestimmendere, trotzdem hatten wir fast immer ein sehr gutes Verhältnis. Meine Schwester und ich bekamen als Kinder insgesamt nur dreimal von ihm den Hintern voll. Meine Mutter verteilte immer mal wieder Backpfeifen, unter denen konnte man sich aber wegducken. Wenn wir richtig etwas angestellt hatten, kam mein Vater zum Zug. Ich war immer zuerst dran, weil ich die Ältere war. Davor rannten wir immer um den Tisch herum vor lauter Angst. Mein Vater haute immer mit der blanken Hand hin, das tat besonders weh. Ich werde nie vergessen, wie beim ersten Mal meine Schwester danebenstand und vor lauter Angst schon davor auf den Teppich pullerte. Dann bekam sie aber nichts mehr ab, für meinen Vater war das schon Strafe genug.

Die restliche Zeit über haben wir uns aber immer sehr gut verstanden, mein Vater war mein Held. Jemand, der alles wusste und alles konnte. Das war es, was ich auch an meinem Mann so schätzte, daher kam wahrscheinlich auch der Altersunterschied von zwanzig Jahren. Wenn man verliebt ist, denkt man nicht daran, was dadurch später auf einen zukommen könnte. Was so ein Altersunterschied bedeuten kann.

Mein Mann und ich waren uns in vielen Dingen ähnlich, wir waren beide für Freikörperkultur, haben gerne gezeltet oder waren auf dem Campingplatz. Wir haben immer sehr viel mit unserem Sohn unternommen. Angefangen haben wir mit Zelten, später hatten wir dann das Glück, dass uns der Betrieb einen Wohnwagen zur Verfügung stellte, damit waren wir im Herbst Pilze suchen. Egal ob Wohnschiff, Zeltplatz oder Wohnwagen, wo wir hinkonnten, sind wir hingefahren. In der DDR hatten wir ja nicht so viele Möglichkeiten. Nach Ungarn konnten wir, in die Tschechoslowakei oder mit dem Auto nach Bulgarien. Und an die Ostsee, dort waren wir oft. Mein Mann war ein Sonnenanbeter, ich eigentlich auch, also fuhren wir so oft wie möglich raus aus der Großstadt und ans Meer.

Mit sechzig hatte mein Mann einen Herzinfarkt. Damit hatte ich überhaupt nicht gerechnet, sechzig ist ja nicht so alt. Er war ein aktiver Mensch, hat aber immer schwer gearbeitet. Als er jung war, war er im Bergbau gewesen. Beim Trockenbohren atmeten sie damals alles ein, seine Lunge war sicher auch nicht mehr in Ordnung. Manchmal, wenn er gehustet hat, hatte er Blut im Auswurf. Trotzdem hätte ich nie gedacht, dass er so krank wird. Kurz darauf hatte er einen Schlaganfall, von da an lag er halbseitig gelähmt im Krankenhaus. Ich war jeden Tag dort, habe ihm Essen mitgenommen, ihn gefüttert, von hinten ausgespritzt, ich was ja gelernte Schwester. Die im Krankenhaus hatten ihn völlig abgeschrieben, sie haben nicht viel mit ihm gemacht, keine Physiotherapie oder dergleichen. Jeden Tag nach der Schule, am Abend, kam mein Sohn mit ins Krankenhaus. Ich habe ihm gesagt, er muss nicht, aber er wollte den Papa sehen. Er hat das alles miterlebt. Einen Papa zu haben, der alles konnte, der ihm alles beigebracht hat und ihn dann so zu sehen, als Wrack, das ist für ein Kind natürlich furchtbar. Mein Sohn war ja erst 13.

Ich war gerade mit meinem Sohn beim Arzt, als ich den Anruf bekam, sein Zustand habe sich verschlechtert, ich solle kommen.

Da habe ich mein Kind aber zu Hause gelassen. Meine Eltern waren zu der Zeit zu uns gezogen, zum Glück, sonst hätten wir das nicht geschafft. Dass jemand im Krankenhaus einen zweiten Herzinfarkt kriegt, damit rechnet man ja überhaupt nicht, ich dachte, das kann nicht passieren dort. Als ich im Krankenhaus ankam, hatten sie ihn von allen Maschinen abgeschlossen, keine lebenserhaltenden Maßnahmen mehr. Die nächsten zweieinhalb Tage bin ich nur neben ihm gesessen und habe ihn gestreichelt. Immer wieder bin ich ihm über die Augenbrauen gefahren und wenn er gezuckt hat, wusste ich, dass er noch ein bisschen was wahrnimmt. Bis 22:00 Uhr durfte ich im Krankenhaus bleiben, dann musste ich nach Hause. Um 23:30 Uhr ist er eingeschlafen, in seinem sechzigsten Lebensjahr. Wir hatten den sechzigsten Geburtstag noch dreimal gefeiert, mit seinen Verwandten, mit meinen Verwandten und mit seinen Freunden, und da hatten wir gesagt, wir müssen feiern, als ob es der letzte wäre. Bei jedem Geburtstag sagt man das so dahin. Bei ihm war es wirklich so.

Mein Sohn konnte danach nicht mal sagen, sein Papa ist gestorben, er war wie zugeschnürt. Er konnte nicht mehr lachen, nicht mehr reden, war völlig in sich gekehrt. »Mutti, ich kann nicht weinen. Ich kann einfach nicht weinen an Papas Grab«, sagte er zu mir. Erst nach einem halben Jahr fing er wieder an zu reden.

Nach dem Tod meines Mannes war ich froh, dass ich viele gute Freunde hatte. Sie versuchten, mir darüber hinwegzuhelfen und meine Eltern waren auch für mich da, aber man muss damit erst einmal selber fertigwerden. Wir waren nur siebzehn Jahre verheiratet. Mann, ich war erst vierzig.

Das erste Mal, dass es mir wieder besser ging, war erst ein Jahr später. Vom FDGB bekam man damals freie Gewerkschaftsplätze und ich hatte für meinen Sohn und mich so einen bekommen, in Oybin im Zittauer Gebirge. Das war ein richtiges kleines Nest, es war ein FDGB-Platz und wenn man essen gehen wollte, musste man ins FDGB-Heim dort. Am Esstisch mit uns saß eine Frau mit ihrer Tochter. Wir kamen ins Gespräch und sie erzählte, dass sie auch verwitwet war. In den ein oder zwei Wochen, die wir dort waren, lernten wir uns näher kennen. Endlich hatte ich jemanden, mit dem ich mich darüber unterhalten und alles loswerden konnte. Man musste sich ja irgendwie mitteilen, und sie hat mich verstanden.

Sie kennt da jemanden, sagte sie zu mir, auch Witwer, mit dem könnte sie mich zusammenbringen. »Es ist erst ein Jahr her«, sagte ich, »das ist mir zu früh.« Eigentlich war ich nicht bereit, einen neuen Mann kennenzulernen, da war bei mir eine Sperre drin. Danach spielte ich aber erstmals mit dem Gedanken. Man muss ja nicht sein Leben lang allein bleiben. Nach dem Urlaub blieb ich mit der Witwe in Kontakt. Sie lebte auch in Berlin, wir luden uns immer gegenseitig ein. Sie war auch dabei, als ich Günther, den Witwer, ein halbes Jahr später tatsächlich kennenlernte. Er war 19 Jahre älter als ich und weil er nicht mehr berufstätig war, konnte er sich Zeit nehmen und oft zu mir fahren.

Wir verbrachten die Wochenenden miteinander. Wenn wir allein waren, war er immer lieb und nett, aber sobald andere Leute dabei waren, wurde er gleich eifersüchtig und ungut. Er war Wessi und kaufte sich bei meinem Sohn sozusagen ein, mit all den technischen Sachen, die er hatte. Aber seine eigenen Zwillinge, zwei junge Männer, wollte er nie einladen. Mit meiner Familie wollte er auch nie Zeit verbringen, dabei ist mir die Familie heilig. Nach 13 Jahren trennte ich mich von ihm. Ich dachte mir, fünfzig Prozent müssen mindestens stimmen, und das war nicht mehr der Fall.

Einen Mann lernte ich dann noch kennen, auf der sechzigsten Geburtstagsfeier einer Freundin. Mit ihm war ich sechs Jahre zusammen. Wir fuhren ein paarmal in den Urlaub, ihn sah ich auch an den Wochenenden. Er hatte ein kleines Wassergrundstück, also sind wir viel mit dem Boot gefahren. War auch eine schöne Zeit. Aber er war schwerhörig und wollte kein Hörgerät. Er hat gesagt, er hört alles. Da habe ich dann gesagt: »Nein, das stehe ich nicht mehr durch.« Nach sechs Jahren habe ich zu Silvester den Entschluss gefasst zu sagen: »Ich will nicht mehr.« Er ruft heute noch an und fragt, wie es mir geht, mindestens einmal die Woche. Wir sind ja nicht im Bösen auseinandergegangen. Es wurde mir einfach zu anstrengend.

Abgrund

Helmut sitzt am Tisch gegenüber von seiner Frau Rosi, die abwesend aus dem Fenster starrt. »*Am Anfang hat sie immer nur Kleinigkeiten vergessen*«, *sagt Helmut,* »*nichts, was mir nicht auch hätte passieren können.*« *Ein paar Jahre vor ihrem achtzigsten Geburtstag hat Rosi erfahren, dass sie Demenz hat:* »*Im Anfangsstadium*«, *hat der Neurologe damals gesagt. Heute hat sie Schwierigkeiten damit, Menschen zu erkennen, die sie lange nicht mehr gesehen hat. Wenn Helmut sie hier im Altersheim besuchen kommt, sprechen sie oft über Pauli, ihren Enkelsohn. Er ist der Erste, den man sieht, wenn man in Rosis Zimmer kommt. Über ihrem Bett hängt ein großes Bild von ihm.*

Das Gespräch wurde geführt von: Marija Barisic

Unser erstes Glück war unser Sohn und unser größtes Glück war unser Enkelsohn. Jedes Wochenende brachten seine Eltern ihn zu uns nach Oberwaltersdorf, sie lebten eigentlich in Baden, und unser Pauli hat's geliebt. Wir unternahmen viel miteinander, ich nahm ihn mit auf den Tennisplatz, meine Frau kochte groß auf und so entwickelte sich ganz schnell eine starke Bindung, die wir zu keinem anderen Enkelkind hatten, zumindest nicht in der Form. Auch später, als er schon längst erwachsen war, kam Pauli uns regelmäßig besuchen und fragte vor allem meine Frau oft um Rat, wenn er mal wieder vor einer wichtigen Entscheidung in seinem Leben stand und nicht weiterwusste.

149

»Ich bin seine wirkliche Mama«, sagte meine Frau immer wieder, und ganz so Unrecht hatte sie damit nicht.

Seine Mutter, unsere Schwiegertochter, hatte eine leitende Position bei der Erste-Bank, wo sie im Laufe des Jahres so viele Stunden anhäufte, dass sie sich im Sommer zwei Monate freinehmen konnte. Ihr Sohn hatte immer andere Ambitionen als sie und doch kam er in seiner Persönlichkeit ganz nach ihr: Pauli war stur, uneinsichtig und nicht auf den Mund gefallen. Seine Vorstellungen vom Leben standen meistens im Widerspruch zu ihren und beide investierten viel Zeit und Energie darin, diese Vorstellungen vor dem jeweils anderen zu verteidigen. Sie können sich wohl vorstellen, wie viel Streit dabei herauskommt, wenn zwei Menschen dieser Art unter einem Dach leben – meine Güte, Tag und Nacht haben sie gestritten, bis Pauli beschloss, mit 21 auszuziehen, was uns alle ein bisschen leichter aufatmen ließ.

Zu dem Zeitpunkt arbeitete er bei einer Aufzugsfirma, die ihn nicht halb so gut zahlte, wie sie ihn erschöpfte. Jahre zuvor hatte er die HTL abgebrochen, weil die Mopeds, mit denen seine arbeitenden Freunde damals durch die Gegend fuhren, attraktiver waren als die Vorstellung, zu Hause zu sitzen und Mathe zu lernen. Und so entschied er sich für eine Lehre zum Profilschlosser, nach der es ihn auf Umwegen zur Aufzugsfirma verschlug.

Jedes Wochenende kam er zu uns herausgefahren und klagte über seine Rückenschmerzen: »Mir tut das Kreuz weh, mir tut das Kreuz weh«, jammerte er.

»Pauli, such' dir eine neue Arbeit! Das ist nichts für dich!«, redete ich auf ihn ein und kurz danach meldete er sich wirklich für die Abendschule an, um seine Matura und den Ingenieurstitel nachzuholen.

Nicht wegen mir, wegen seiner Freundin natürlich, die es – im Gegensatz zu seinem Opa – leichter hatte, ihn davon zu überzeugen, mehr aus sich zu machen. Aber uns war's egal, wir freuten uns alle und Pauli war guter Dinge.

Nach einem Jahr in der Abendschule verließ ihn seine Freundin und mit ihr die Motivation. Sie hatte einen anderen gefunden, der im Gegensatz zu ihm Zeit hatte, mit ihr durch die Stadt zu ziehen und die Nächte durchzumachen. Man kann es ihr ja nicht übelnehmen, sie war erst zwanzig Jahre alt und sehnte sich nach einem Leben, das für ihn, neben Arbeit und Abendschule, einfach nicht mehr möglich war. Ich habe ihn, unseren sonst so geselligen Pauli, nie so traurig erlebt wie damals. Das war sein erster Liebeskummer und wir seine erste Anlaufstelle.

»Opa, was glaubst du, soll ich mit der Schule aufhören, damit ich mehr Zeit für sie hab'?«, fragte er mich damals.

»Pauli, bist du blöd? Es gibt hunderttausende Mädchen auf der Welt! Du machst das schon seit anderthalb Jahren und jetzt willst du wegen einer von diesen hunderttausenden aufhören? Sei nicht dumm!«

»Hast Recht Opa, ich werd's mir überlegen«, sagte er und hörte Gott sei Dank nicht auf.

Kurz darauf machte er seinen Ingenieur und uns damit sehr stolz. Von da an ging es scheinbar nur noch bergauf für unseren Pauli. Einige Jahre lang hangelte er sich noch von einem Job zum nächsten, bis er einen fand, der ihn gut bezahlte und kurz darauf lernte er auch schon seine nächste Freundin kennen, mit der er fünf Jahre seines jungen Lebens verbrachte. Auch sie verließ ihn, ebenso wie die erste Freundin, aber diesmal war er 33 und reagierte anders als damals: So wie jemand, der weiß, dass eine schmerzhafte Trennung nicht immer schmerzhaft bleibt. Wie ein Erwachsener eben. Der Urlaub auf Kreta sollte ihn ablenken, er sollte ihm guttun. Mein Sohn und seine Frau, die Eltern von Pauli, mieteten seit Jahren ein Haus dort, wo sie seit seiner Kindheit jeden Sommer verbrachten. Dieses Jahr wollte er mit einem guten Freund und dessen Verlobter dazustoßen und drei Wochen auf Kreta verbringen. Eine Woche vor seiner Abreise kam er noch zu uns, wir plauderten ein bisschen, so wie wir das immer getan hatten und er erzählte uns, dass er bis Freitag geschäftlich in Jugoslawien sein würde. Erst am Tag darauf, Samstagfrüh, würden sie dann zu dritt mit ihren Motorrädern nach Italien aufbrechen und von dort aus die Fähre nach Griechenland nehmen. Wir verabschiedeten uns, er versprach, noch Freitagabend anzurufen und fuhr davon.

Wie versprochen rief er dann auch an, am Freitagabend, und sagte: »Opa, wir sind eingepackt und hergerichtet, morgen fahren wir los.«

»Passts auf euch auf und wenns unten seids, rufts an«, sagte ich.

Den ganzen Tag rief niemand an.

»Wieso meldet sich keiner?«, fragte ich meine Frau, die es nicht wissen konnte.

In der Nacht, es war schon ganz spät, läutete dann endlich das Telefon. Ich rannte zum Hörer, nichtsahnend und blauäugig, und auf der anderen Seite der Leitung war mein Sohn, der aussprach, was wir uns in unseren schlimmsten Alpträumen nicht hätten ausdenken können. Unseren Pauli gibt's nimmer? Ich bekam so einen starken Schüttelfrost, dass meine Frau den Arzt rufen musste, um mir eine Beruhigungsspritze zu verabreichen, die mich nicht beruhigte. Ich frage mich bis heute, wie viele Spritzen es wohl dafür gebraucht hätte.

Sie waren schon in Griechenland, als es passierte. Irgendwo auf der Strecke zwischen Piräus und Patras, sagte man uns dann. In einer Haltebucht sind sie stehen geblieben, Pauli, sein Freund und die Verlobte, nur ganz kurz, um eine zu rauchen und zu besprechen, wie sie dann zum Hafen weiterfahren würden. Und während sie so dastanden und rauchten, kam auf der anderen Seite der Autobahn ein Riesen-LKW um die Kurve gerast, dessen Zwillingsreifen sich löste, über die mittleren Barrieren sprang und Pauli überrollte. Der hundert Kilo schwere Reifen riss ihn mit dem Kopf nach vorne auf den Boden und in den Tod. Er war 33 Jahre alt.

Kein Wort, kein Satz kann beschreiben, wie sich das anfühlt. Der Moment, in dem man so etwas erfährt. Es ist wie ein Sturz in ein schwarzes Loch. Auf einmal ist es aus und man sieht nichts, fühlt nichts, denkt nichts und hat keine Ahnung, wann man da wieder herauskommt. Ob man überhaupt jemals wieder herauskommen kann.

Das letzte Mal haben wir ihn gesehen, als er im Sarg lag. Der Bestatter holte ihn von Schwechat ab, führte ihn in die Aufbahrungshalle und fragte, ob wir nochmal Abschied nehmen wollten.

»Ja«, sagte meine Frau sofort.

»Ja, ich will ihn nochmal sehen«, sagte ich.

Mein Sohn, meine Schwiegertochter, meine Frau und ich – zu viert machten wir uns auf den Weg, das werde ich nie vergessen. Er war wie unverändert, unser Pauli, nur ein bisschen bleicher, ein bisschen blasser sah er aus, als würde er schlafen. Keine Wunde, kein Kratzer war zu sehen. Nichts, das darüber Aufschluss geben konnte, warum und wie er gestorben war. Meine Frau beugte sich herunter zu ihm, busselte ihn ab und weinte und weinte und hörte nicht auf zu weinen.

Ein wirklich skurriles Detail dieser Geschichte ist, dass ungefähr zwei Jahre vor Paulis Tod in der Nähe von uns alte Gräber aufgelassen und neu vergeben worden waren.

Meine Frau und ich sprachen damals darüber, und ohne einen einzigen Hintergedanken sagte ich zu ihr: »Na, nehmen wir uns doch einfach eines, irgendwann brauch ma's sicher!«

Nun standen wir also da, zwei Jahre später, und sahen dabei zu, wie der Sarg unseres geliebten Pauli zu dem Grabe getragen wurde, das eigentlich für uns bestimmt gewesen wäre.

Wenn ein Begräbnis wirklich etwas über den verstorbenen Menschen aussagt, dann muss der Pauli ein guter Mensch gewesen sein. Über hundert Menschen kamen damals: Freunde, Familie, Bekannte, Nachbarn, Arbeitskollegen. Ein guter Freund von ihm hielt eine Rede, an die ich mich nicht erinnern kann, so aufgebracht und nervös war ich.

Seine Ex-Freundin, die sich kurz vor seinem Tod von ihm getrennt hatte, kam auf mich zu und sagte: »Wenn ich das gewusst hätte, hätte ich nicht Schluss gemacht.«

Am liebsten hätte ich sie damals in den Arm genommen, ihr die Schuldgefühle ausgeredet, die sie sich einredete, und gesagt: »So ist das Leben. Du hättest es nicht wissen können.«

Die Zeit nach seinem Begräbnis war die Phase, in der all die Gedanken hochkamen, die ich davor nicht denken konnte, weil ich damit beschäftigt war zu begreifen, was passiert war. Eine Frage führte unwiderbringlich zur nächsten, bis mein Kopf von einer Lawine aus Fragen überrollt wurde, die alle ungefähr so klangen: Warum? Warum grad bei uns? Warum wir? Gibt's überhaupt einen Herrgott?

Ich stürzte mich in die Arbeit und verbrachte jede andere freie Minute am Tennisplatz, um mich vor diesen Fragen, die ich ohnehin nicht beantworten konnte, in Sicherheit zu bringen. Ich hatte Angst, dass sie mich noch in den Wahnsinn treiben würden, wenn ich ihnen zu viel Raum gab, sich zu entfalten. Damals war ich Trainer und Obmann des Tennisvereines und hatte als solcher immer was zu tun. Meine Frau verlor nie ein Wort darüber, dass ich kaum noch zu Hause war und ließ mich einfach machen. Dafür bin ich ihr bis heute dankbar. Sie muss gespürt haben, dass der Tennisplatz mein Ausgleich war, ein Ort, an dem ich den Ballast abwerfen konnte, den ich den ganzen Tag mit mir herumtrug.

Meine Frau hat's besser vertragen als ich, sie war immer schon die Härtere von uns beiden. Ich bin ursprünglich ungarischer Herkunft und wir Ungarn sind ein wehmütiges Volk, das nah am Wasser gebaut ist. An den Wochenenden fuhren wir, meine Frau und ich, zusammen auf Urlaube, wir besuchten Veranstaltungen, wo wir Freunde trafen und über sie wieder neue Freundschaften schlossen. All das half uns dabei, langsam wieder ins normale Leben zurückzufinden.

Was beim Verlust eines geliebten Menschen zu tun ist, kann ich nicht sagen, weil ich es nicht weiß. Bei mir war es das Tennisspielen, bei anderen Menschen wird es vermutlich etwas anderes sein. Ein Allheilmittel gibt es nicht. Wovon ich aber überzeugt bin, ist, dass es ohne Mitmenschen, die einen lieben, nicht geht. Die Liebe von einem Umkreis, mit dem man sich versteht, ehrlich versteht, wird selten so wichtig wie in Momenten des Verlustes.

Unsere Schwiegertochter, Paulis Mutter, hat es damals wohl am schwersten getroffen. Nach dem Begräbnis brauchte sie Jahre, bis sie es schaffte, wieder zu seinem Grab zu kommen. Sie distanzierte sich von uns, stürzte sich in die Arbeit, die sie letztlich ins Burnout trieb und dazu führte, dass sie ihren Job verlor. Sie fing an, mit anderen Männern im Internet zu chatten, trennte sich kurz darauf von unserem Sohn und zog in eine eigene Wohnung. Böse können wir ihr nicht sein, es war ihre Art, mit diesem schrecklichen Verlust umzugehen, nur Mitleid hatten wir natürlich mit unserem Sohn.

Seit zwei Jahren ungefähr hat sich ihr Zustand aber gebessert. Mein Sohn und sie konnten wieder zueinander finden und sind heute wieder zusammen. Wir freuen uns für unseren Buben, jetzt ist er wenigstens nicht mehr alleine und wir müssen uns nicht mehr sorgen. Das Schlimmste, was einem Elternteil passieren kann, ist, seinem Kind nachzuschauen. Wenn ich daran denke, wie es uns damals ging, will ich mir, kann ich mir gar nicht vorstellen, was die beiden zur gleichen Zeit durchgemacht haben müssen.

Die Pflege für das Grab haben sie uns von Anfang an überlassen. Wir übernahmen die Aufgabe gerne, weil wir ohnehin jeden Tag zum Grab gingen, um die alten Blumen zu gießen und neue niederzulegen. Mein Sohn kommt jedes Jahr zu Weihnachten und stellt einen Christbaum auf, unsere Schwiegertochter schafft es mittlerweile auch, zumindest im Sommer am Todes- und Geburtstag.

Am 26. Juni wäre unser Pauli 43 Jahre alt geworden, sein Tod ist nun zehn Jahre her. Seine besten Freunde kommen heute noch jedes

Jahr zusammen und feiern seinen Geburtstag, je nachdem, wer gerade hier und nicht auf Urlaub ist. Aber sie machen es wirklich jedes Jahr und das finde ich schön. Dass da 25 bis 30 Personen bewusst zusammenkommen und an ihn denken. Manche von ihnen waren mit ihm schon in der Schule und der Grund, warum er damals die HTL abgebrochen hat.

Am 17. August sind es genau zehn Jahre, seitdem er weg ist und es vergeht kaum ein Tag, an dem ich nicht an ihn denke. Ob es einen Sinn dahinter gibt, hinter den Dingen, die uns passieren, kann ich Ihnen nicht sagen, auch heute nicht. Dafür bin ich wahrscheinlich zu wenig intelligent. Aber die Frage, die ich mir damals immer stellte, warum so etwas gerade bei einem selbst passieren muss, ist schlicht und einfach falsch.

Wir waren und sind nie die Einzigen, die einen geliebten Menschen verlieren. Früher oder später stehen wir alle vor dieser Situation, weil es gar nicht anders geht. Und wissen Sie, wenn ich zurückschaue, kann ich sehen, dass dieser riesengroße Verlust mich und meine Frau noch mehr zusammengeschweißt hat. Und dann sehe ich, dass ein Verlust zwar ein Verlust bleibt, aber uns gleichzeitig auch öffnet und näher zueinander führen kann, wenn wir es zulassen, statt zuzumachen. Und das ist wiederum das, was uns rettet und wofür ich immer dankbar sein werde.

Die zwei Söhne

»Ich hätte nie gedacht, dass ich mal so alt werde«, sagt die winzig kleine Dame. Mit vierzig Jahren hat sie Rheuma bekommen, mittlerweile ist sie 82. Schreiben fällt ihr schwer mit der rheumatischen Hand, zum Gehen braucht sie ihren »Ferrari«, den Rollator. Sprechen kann sie jedoch noch genauso wie mit vierzig.

Aufgeschrieben von: Laura Fischer

Ich war zwanzig, als er geboren wurde, eineinhalb Jahre, nachdem wir geheiratet hatten. Mein Mann war Maurer, tagsüber musste er so hart arbeiten, dass er nachts seine Ruhe wollte. Also stellten wir das Gitterbett in die Küche und eine Bettbank daneben an die Wand. Dort habe ich mich hingelegt, damit ich ihn höre, wenn er weint. Es war in einer Sommernacht, als ich einmal früh munter wurde, weil es so zeitig hell wurde. Als Erstes schaute ich natürlich ins Gitterbett und redete ein bisschen mit ihm. Mein Gott, wie er schaut, dachte ich mir noch. Weil er die Augen offen hatte. Dabei war er tot. Das war am 30. Juni, ich war gerade erst einundzwanzig geworden. Ich war jung, aber es war nicht unsere Schuld. Mein Bub war nie krank, nie. Es war der Doktor, der getrunken hat, der hatte ihm zu viel Penicillin gegeben, zwei Tage hintereinander.

Jedes Mal, wenn ich danach in einen Kinderwagen schaute, dachte ich mir: Lebt das Kind noch? Das war furchtbar. Es dauerte schon eine Weile, bis ich diese Angst ablegte, sicher über ein Jahr. Den zweiten Buben, den Gottfried, bekam ich erst zwei Jahre später. Was glauben Sie, was ich mir alles angetan habe beim zweiten Kind. Immer bin ich zu ihm hingegangen, habe ihn hochgenommen und mir gedacht, ich hoffe, er lebt. Als er dann in die Schule kam, ging ich immer noch ein Stück mit. Das war ihm natürlich nicht recht, aber ich habe nur gemeint, ich muss ja auf dich aufpassen. Später bekamen wir noch ein Kind, wieder einen Sohn. Mein Mann wollte immer Buben, zum Fußballspielen.

Aus dem Gottfried ist was geworden, er war Lehrer an der Handelsschule im Ort. Er hat geheiratet und vier Kinder bekommen. Zusammen mit meiner Schwiegertochter Marianne, den zwei Buben und den zwei Mädchen haben sie im eigenen Bauernhaus gelebt, das mein Mann gebaut hat. Beim Gottfried dachte ich, da haben wir es geschafft. Er war nie krank, nie. Er war nie beim Arzt und immer fit und sportlich, ein Läufer. Nur einmal, da rief er bei seinem Bruder an, er gehe jetzt noch laufen, und in einer Stunde könne er sich fertig machen, dann würde er ihn abholen und sie könnten zusammen zum Heurigen gehen. Nach einer Stunde kam er aber nicht. Im Wald fand ihn dann jemand, tot. Mein Sohn, mit 55, verstorben an einer Lungenembolie.

Wir waren gerade beim Frühstück, als meine Schwiegertochter, mein letzter Sohn und der Arzt zu uns kamen. Die haben so geschaut, ich wusste, da ist irgendwas los. Ich dachte, mein Mann packt das nicht. Seine Buben waren alles für ihn. Wir hätten sterben sollen, nicht er, so ein junger Kerl. Aber da kann man nichts machen.

Das mit dem Gottfried war dieses Jahr. 14 Tage später starb Mariannes Mutter. Plötzlich ging es meinem Mann auch wieder schlechter. Vor Weihnachten tanzte er mit der Pflegerin noch Tango. Er konnte ja tanzen, viel besser als ich. Immerhin hatten wir uns auf einem Feuerwehrball kennengelernt. Aber nach Weihnachten konnte er plötzlich nicht mehr gehen, nur noch im Pflegebett liegen. Die Pflegerin hatte ihn in der Früh noch gewaschen und ihm etwas Essen gegeben, der Arzt hatte uns Flaschen für ihn dagelassen. Die Pflegerin und ich fingen in der Küche an zu essen. Irgendwann sagte sie, sie schaut nochmal zu ihm rein, vielleicht will er noch etwas essen. Sie ging rein ins Wohnzimmer und er war tot.

Als sie kamen, um ihn zu holen, ich sag immer, die Leichenfladerer, da bin ich nicht reingegangen ins Zimmer. Sein Fuß war ja oben wegen der Krankheit, und ich wollte nicht sehen, wie sie ihn mit Gewalt runterbiegen. Ich konnte nicht einmal zum Begräbnis gehen, kurz davor stürzte ich und brach mir die Schulter. Das einzig Gute ist, dass alle in der Familie versorgt sind.

Trotzdem bin ich ein bisschen froh, dass er gestorben ist. Ich habe mir immer gewünscht, dass er vor mir geht. Ich weiß ja, er hätte das nicht ausgehalten, wenn ich als Erste sterbe.

Wollen, nicht müssen

Katharina Frydrych (nicht anonymisiert) ist die jüngste Interviewpartnerin in diesem Buch und ihre Erinnerung ist es auch. Sie ist 33 Jahre alt und hat Brustkrebs im Endstadium. Nach dem Gespräch wird sie mit ihrer Mutter zum Tag der offenen Tür der Bestattung gehen, um ihre Beerdigung zu planen. »Andere Mütter gehen mit ihren Töchtern Brautkleid schauen«, sagt Katharinas Mutter, »ich geh' mit meiner halt zur Bestattung.« Sie schauen sich an und lachen. Mittlerweile können die beiden, Mutter und Tochter, das alles sogar ein bisschen mit Humor nehmen, sagen sie. Bis sie soweit waren, hat es aber Jahre gedauert. Vielleicht entscheidet Katharina sich für die Baumbestattung: »Bei der wird die Asche im Wurzelbereich eines Baumes abgesetzt und man dient dem Baum sozusagen als Nahrung. Das find' ich irgendwie schön, den Gedanken«, erklärt sie und fügt noch hinzu: »Aber mal schauen, ich weiß es noch nicht.«

Darauf aufmerksam geworden bin ich durch meinen Freund.

»Was hast'n da? Das fühlt sich komisch an«, sagte er damals zu mir und meinte damit eine Stelle an meiner rechten Brust.

Ich begann ein bisschen herumzudrücken, abzutasten, so wie man das halt macht, und spürte etwas, das sich wirklich komisch anfühlte.

»Na? Das tut jetzt aber weh«, dachte ich und vereinbarte einen Termin bei meinem Gynäkologen.

Der schickte mich gleich weiter in die Brustambulanz zur Biopsie, die uns die Frage meines Freundes sofort beantwortete: Es war Krebs. Ich hatte Brustkrebs.

Meine Mutter, die bei der Befundbesprechung dabei war, und ich weinten erst einmal und von da an, April 2014, ging alles recht schnell.

Die zweite Person, die ich nach meiner Mutter anrief, war mein Freund. Wir waren damals frisch verliebt, seit gerade einmal vier Monaten zusammen, und ich wusste, dass die Zeit zu kurz war, um viel zu erwarten.

»Geht das? Willst du das? Kannst du das?«, fragte ich ihn, als wir uns zum Essen trafen.

»Ja, ich bleib'«, sagte er.

»Du musst nicht«, sagte ich, »wirklich nicht.«

»Ich weiß«, sagte er.

Noch beim Essen vereinbarten wir, dass meine Mutter, die schon in Pension war, künftig bei mir schlafen würde, um sich um mich zu kümmern, und er, der seit kurzem erst bei mir lebte, würde zurück zu seiner Mutter ziehen. So wollte ich ihn davor bewahren, mich in den schlimmsten Momenten zu sehen, aber vielleicht wollte ich auch einfach mich davor bewahren, in den schlimmsten Momenten für ihn sichtbar zu sein.

»Warum habe ich Brustkrebs? Ich bin erst 28.«

»Sie haben BRCA2«, erklärten die Ärzte, und was sich so kompliziert anhörte, war der medizinische Ausdruck für familiären oder: erblichen Brustkrebs.

Ich wusste, dass die Schwester meines Vaters an Brustkrebs erkrankt war, hatte aber nie viel darüber nachgedacht, weil: Warum auch?

Zu meinem Vater hatte ich seit der Scheidung meiner Eltern, ich war damals 18 Jahre alt, den Kontakt abgebrochen. Er war furchtbar zu meiner Mutter und ich zu nachtragend, um ihm zu verzeihen. Über die Gefahr, an Brustkrebs zu erkranken, die er mir vererbt hatte, haben wir nie gesprochen. Er hat mich nie vorgewarnt, nie auch nur ein Wort darüber verloren, nicht einmal nebenbei. Vielleicht wusste er es selbst nicht, gewundert hätte es mich nicht. Mein Vater, ein schwerer Alkoholiker und Messie, hatte in seinem Leben sicher andere Sorgen. So begann meine Mutter dieser Frage einfach selbst nachzugehen, rief bei seinen Brüdern, meinen Onkeln an, von denen wir seit Ewigkeiten nichts mehr gehört hatten, und erfuhr so, dass auch meine Oma sehr jung an Brustkrebs verstorben war.

Zuerst war ich wütend.

»Warum hast du nie was gesagt?«, warf ich ihm immer wieder in Gedanken vor.

Und dann war ich erleichtert. Weil ich die Schuld nicht bei mir suchen musste.

Stattdessen konnte ich einfach auf meinen Vater zeigen und sagen: »Er ist schuld. Ich habe nichts falsch gemacht. Er hat es mir nie gesagt.«

Das klingt vielleicht absurd, aber in den letzten Jahren habe ich so viele Menschen kennengelernt, die krank sind und sich Vorwürfe machen. Hätte ich nicht geraucht, weniger getrunken, gesünder gegessen, mehr geschlafen! Hätte ich besser auf mich aufgepasst! Mit dieser Schuldfrage musste ich nie kämpfen, weil ich wusste: Ich hätte es nicht verhindern können.

Der Plan war: Chemotherapie, dann OP und dann Antihormontherapie. Das Ziel war: die Krankheit zu besiegen und ich? War überzeugt davon, dass ich es schaffen würde.

Damals arbeitete ich noch für den Baumarkt OBI und war zuständig für das Merchandising: Ich erledigte die Büroarbeit, kümmerte mich um die Werbung und bereitete Präsentationen vor.

»Machen Sie sich keine Sorgen, wir hauen Sie nicht raus!«, sagte mein Chef damals zu mir und ich war ihm dankbar, ebenso wie allen anderen Arbeitskollegen, die informiert und sehr bemüht waren, mir überall dort entgegenzukommen, wo ich es brauchte.

Ich ging damals sehr offen mit meiner Krankheit um und sprach, zur Verwunderung vieler, sogar mit einigen Stammkunden darüber. Es war mir wichtig, trotz der Erkrankung immer ich selbst zu bleiben. Den anderen zu zeigen: Ja ich bin jung, ja ich bin krank und ja es ist schockierend und traurig, aber auch das ist ein Teil des Lebens, das Schockierende und Traurige, und es geht nicht weg, nur weil ich mich verstecke.

Wenn es mir einmal nicht gut ging, und es ging mir oft nicht gut, hatte ich die Möglichkeit, jederzeit nach Hause zu gehen. Aber: Ich ging nie nach Hause. Bis zur fünften Chemo zwang ich mich in die Arbeit: auf die Perücke, ab ins Büro, irgendwas tun, nur nicht herumliegen. Die Arbeit war der Beweis dafür, dass es halb so schlimm war, schließlich konnte ich ja noch alles machen. Wissen Sie, wie wichtig das in so einer Situation ist? Das Gefühl zu haben, noch am normalen Leben teilhaben zu können. Was hätte ich mit meinen 28 Jahren denn sonst tun sollen? In Pension gehen? Na sicher nicht! Die Unfähigkeit zu arbeiten ist doch gerade das, was uns kranke Menschen von den Gesunden unterscheidet. Mir selbst diese Unfähigkeit einzugestehen, wäre mir wie eine Kapitulation vorgekommen. Als hätte ich, für alle sichtbar, den Kampf gegen meine Krankheit aufgegeben – jetzt, wo ich zu schwach geworden war, um mit dem Alltag meiner gesunden Arbeitskollegen mitzuhalten.

Nach der Chemo kam die Operation und mit ihr verlor ich meine beiden Brüste. Nachdem ich schon meine langen Haare abgeschnitten hatte, wurde mir jetzt auch noch der zweite Beweis für meine Weiblichkeit genommen.

Vor der Operation realisierte ich das noch nicht: »Ihr könnt mit meinen Brüsten machen, was ihr wollt, jetzt, wo ihr mir meine Haare abgeschnitten habt«, dachte ich, »Hauptsache der verdammte Krebs kommt endlich weg«.

Wenn ich den Verlust meiner Haare, die mir immer heilig waren, überlebt hatte, so war ich mir sicher, würde ich auch den meiner Brüste überleben.

Und dann wurde der Verband nach der Operation geöffnet.

Ich sah herunter auf das, was einmal meine Brüste gewesen waren und sah nur mehr kleines, deformiertes Hautgewebe und lila-blaue Flecken.

»Was ist das?«, dachte ich und weinte und weinte.

So richtig realisieren, was gerade passiert, kann man erst nach der Operation. Davor bleibt nicht viel Zeit zum Grübeln, weil es ums Überleben geht. Alles, was zählt, ist: fit sein für die Chemo, die Behandlung überstehen, kämpfen, die nächste Behandlung überstehen, weiterkämpfen. Immer nur kämpfen, kämpfen, kämpfen. Erst danach, wenn die Chemo vorbei ist, man operiert wurde und nach

Hause entlassen wird, kommt dieser Moment, in dem man sich fragt, was hier eigentlich passiert ist.

Ich kam zu Hause an, hatte keine Haare mehr, keine Brüste und steckte wegen der Antihormontherapie bald im Körper einer Achtzigjährigen. Überall hatte ich nur noch Schmerzen: in den Armen, in den Beinen, in der Hüfte, die mich daran erinnerten, dass ich krank war. Und gleichzeitig sagten alle um mich herum: »Frau Frydrych, der Krebs ist jetzt weg.«

»Wieso fühle ich mich dann so, als wäre ich gerade aus einem Loch gekrochen?«, dachte ich nur.

Ich weiß nicht, ob es diese Frage war, oder nicht viel eher eine Nebenwirkung der Antihormontherapie, die mich damals in die Depression stürzte.

Ich weiß nur, dass ich plötzlich nicht mehr aufkam und mich fragte: »Was mache ich hier eigentlich die ganze Zeit? Welchen Wert habe ich, hat dieses Leben, noch?«

Erst ein paar Monate und einige Packungen Psychopharmaka später, begann ich langsam wieder zurück ins Leben zu finden und Hoffnung zu schöpfen.

Noch traute ich mich nicht, es laut auszusprechen, aber: »Es wird wirklich besser«, dachte ich.

Wenn ich es jetzt schaffen würde, die nächsten fünf Jahre krebsfrei zu bleiben, wäre ich ganz geheilt, sagten sie mir in der Klinik.

Von meinem Freund hatte ich mich zu dem Zeitpunkt schon längst entfernt. Nicht räumlich, sondern geistig. Er verkroch sich zu Hause vor dem Computer, brachte kein Wort mehr heraus und ließ unsere Wohnung verkümmern. Ich verkroch mich in mich selbst, schmiss alleine den Haushalt und spielte die Starke, während ich noch nie so schwach gewesen war. Ich war wütend und fühlte mich nicht wahrgenommen. Gleichzeitig konnte er mich nicht wahrnehmen, weil ich mich gar nicht zeigte. Aber geliebt zu werden heißt, gesehen zu werden und das kriegten wir einfach nicht hin. Manchmal fragte ich ihn, ob alles in Ordnung ist, so wie jemand, der weiß, dass nichts in Ordnung ist. Und so bekam ich auf meine verlogene Frage eine ebenso verlogene Antwort.

»Jaja, alles in Ordnung«, sagte er nur und schwieg weiter.

Rückblickend kann ich ihm für sein Verhalten nicht böse sein, er hatte zu der Zeit gar nichts mehr von mir, nichts. Vom Sexuellen nicht zu sprechen, ich hätte ja gar nicht gekonnt. Nicht nur, weil mein Körper es nicht erlaubte, sondern mein Kopf. Die Lust, berührt zu werden und sich vor einer anderen Person nackt auszuziehen, ist stark davon abhängig, wie zu Hause Sie sich in Ihrem Körper fühlen.

Ich hingegen hatte zu dem Zeitpunkt stoppelige Haare, künstliche Silikonbrüste, vierzig Kilo zugenommen und erkannte mich in meinem eigenen Spiegelbild nicht wieder. Und so entfernten wir uns immer weiter voneinander, ohne den Mut aufzubringen, die Beziehung, die keine mehr war, zu beenden.

Mittlerweile hatte ich meinen Job beim OBI schon aufgegeben, lebte vom Reha-Geld und engagierte mich seit längerer Zeit schon ehrenamtlich bei Europa Donna, einem internationalen Brustkrebsnetzwerk. Dort stand ich anderen Frauen mit Tipps und Tricks zur Seite, die gerade dabei waren, das zu überstehen, was ich schon hinter mich gebracht hatte: die Chemotherapie. So bekam ich schnell wieder das angenehme Gefühl, gebraucht zu werden und verstand, dass anderen zu helfen immer auch bedeutet, sich selbst zu helfen.

Im Zuge meiner Tätigkeit lernte ich viele Menschen kennen, denen es weitaus schlechter ging als mir und die ich für ihren Umgang mit ihrer Krankheit bewunderte:

»Sollte es mir einmal so schlecht gehen, will ich so sein wie die«, dachte ich, ohne zu wissen, dass einige Monate später andere Patientinnen dasselbe über mich sagen würden.

Die Arbeit bei Europa Donna machte mir so viel Spaß, dass ich beschloss, ab 2019 eine geringfügige Stelle dort anzunehmen. Ich freute mich so sehr auf diese Stelle, dass ich zum ersten Mal verstand, was Menschen damit meinen, wenn sie sagen, dass Vorfreude die größte Freude ist.

Dann kam der Herbst 2018 und diesmal, vier Jahre nach der Erstdiagnose, war es eine Stelle unter meinem rechten Schulterblatt, die sich komisch anfühlte.

Ich ging zum Orthopäden, der mir eine Spritze gegen den Schmerz verabreichte, und hätte mir keine weiteren Gedanken mehr gemacht, wäre da nicht diese extreme Müdigkeit gewesen. Irgendwann blieb mir dann auch noch die Luft weg. Nicht im übertragenen Sinn, sondern wirklich: Ich kriegte keine Luft mehr.

Die Lungenfachärztin schickte mich ins Diagnosezentrum und das Diagnosezentrum schickte mich zur Computertomographie in die Röhre.

»Wir haben was gefunden«, sagte der Arzt.

»Oh nein«, dachte ich, »nein, nein, nein.«

»Metastasen. In der Lunge, in den Knochen, in der Leber, im Gehirn.«

Das Erste, was ich dachte: »Scheiße.« Das Zweite, was ich dachte: »Endlich.«

Ich weinte und weinte, zuerst aus Verzweiflung und irgendwann aus Erleichterung.

»Ich muss nicht mehr. Ich muss nicht mehr kämpfen. Ich muss nicht mehr hoffen. Ich muss nicht mehr gesund werden. Ich muss nichts mehr«, dachte ich.

Nach all den Jahren, in denen ich gegen diese Krankheit, gegen mich selbst, gegen die Verzweiflung angekämpft hatte, stand ich da und wusste: Es ist jetzt vorbei. Der Kampf, die Mühe, das Hoffen, das Zittern. Nichts von all dem musste mehr sein. Ich konnte die Waffen endlich niederlegen. Wissen Sie, wie befreiend, wie erleichternd das ist? Dieses Wissen: Ich kann, wenn ich will, aber ich muss nicht mehr.

Mit einer Ghetto-Faust verabschiedete ich mich von dem Arzt, der an dem Tag verkühlt war und mir deswegen seine Hand nicht reichen wollte, und verließ das Diagnosezentrum so leicht wie seit Jahren nicht mehr. Am Weg nach Hause rief ich bei Europa Donna an und sagte, dass ich meine geringfügige Stelle nicht annehmen würde. Dann sprach ich wieder mit meiner Mutter und so wie damals weinten wir auch jetzt. Aber diesmal war es anders.

»Ich muss nicht mehr. Ich muss nicht mehr«, sang ich in meinem Kopf.

Was ich seit diesem Tag immer mehr realisiere, ist, in wie viele gesellschaftliche Korsetts wir uns unser Leben lang zwingen. Diese Korsetts können Erwartungen anderer Menschen sein, denen wir versuchen gerecht zu werden, aber auch unsere eigenen. Sie sind eng und unangenehm und fühlen sich an wie das Müssen, von dem ich die ganze Zeit spreche. Ich muss arbeitsfähig sein, ich muss leisten, ich muss schön sein, ich muss schlank sein, ich muss gut sein. Von einem Tag auf den anderen schlüpfte ich aus diesem Korsett und spürte zum ersten Mal, wie viel freier ich mich plötzlich bewegen konnte, jetzt, wo ich nicht mehr musste, sondern konnte. Unser Leben lang mühen wir uns damit ab, in so ein Korsett zu passen, das von allen Seiten drückt und zwickt und piekst, und verpassen dabei das eigentliche Leben.

Um das Wachstum der Metastasen in meinem Körper zu verlangsamen, wurde ich wieder bestrahlt und wünschte mir, für die Zeit der Bestrahlung in die Palliativstation des AKH aufgenommen zu werden. Dort bekam ich im Dezember kurz vor Weihnachten ein wunderschönes, gemütliches Zimmer aus Holz und Glas und Blumen, wo ich mich erholen konnte und rund um die Uhr versorgt wurde.

Was ich dort lernte, war etwas, was der Leiter der Palliativstation, Herr Professor Watzke, immer wieder sagt, wenn er in Vorträgen über seine Arbeit erzählt: »Die Palliativstation ist kein Ort zum Sterben, es ist ein Ort zum Leben.«

Jetzt, wo ich selbst dort lag, verstand ich, was er damit meinte.

Jeden Tag bekam ich so viel Besuch, dass ich damit anfangen musste, Kalender zu führen und Termine zu vergeben. Ich war und bin immer noch überrascht von der Welle an Menschlichkeit und Liebe, die mich seit meiner Erkrankung erreicht. Menschen, die ich seit Jahren nicht mehr gesehen und die zufällig auf Facebook von meiner Erkrankung erfahren hatten, tauchten plötzlich bei mir im Zimmer auf und wollten Zeit mit mir verbringen. Natürlich weinten wir viel, besonders für meine Mutter war das womöglich die schwerste Zeit ihres Lebens, aber gleichzeitig kam ich den Menschen in meiner Umgebung nie so nahe wie in dieser Palliativstation. Es ist ein Ort, an dem alle Masken fallen, wo nicht alles schön ist, aber alles echt und das ist das, worum es geht. Diese Begegnungen mit Menschen, die einen öffnen und uns näher aneinanderrücken lassen: Das bedeutet Leben für mich.

Auch mein Vater rief an. Letzten Oktober, nach jahrelangem Kontaktabbruch. Er wolle wissen, wie es mir geht, ob er mich denn nicht besuchen kommen könne. Zuerst empfand ich nur Wut und Trauer, dann gab ich mir einen Ruck und ließ ihn kommen. Wir verloren kein Wort über die Vergangenheit und lernten uns ganz neu kennen. Seitdem haben wir ab und zu Kontakt, der nicht in die Tiefe geht, aber auch keine Wut mehr in mir auslöst. Auch die ist jetzt weg, wo ich nicht mehr muss.

Mit meinem Freund machte ich Schluss, als ich aus der Palliativstation entlassen wurde. Was ich in all den Jahren zuvor nicht aussprechen konnte, kam mir jetzt wie von selbst über die Lippen. Ich hatte keine Angst mehr davor, alleine zu sein, weil ich verstanden hatte, dass alleine zu sein nicht automatisch bedeutet, einsam zu sein. Und einsam war ich nicht.

Wir weinten, er verließ die Wohnung und ich zog für eine Weile zu meiner Mutter nach Hollabrunn, um meine Batterien aufzuladen. Ich hatte das Gefühl, ihn befreit zu haben. Auch er musste endlich nicht mehr. Dass mein Freund mich nie wirklich verstanden hat, macht mich heute nicht mehr wütend, es erscheint mir im Nachhinein fast logisch.

»Gott sei Dank hat er es nicht«, denke ich mir, »das zeigt, dass er gesund ist.«

Ich glaube, dass die Krankheit mich aufmerksamer und offener gemacht hat. Aber vor allem auch ruhiger. In der Arbeit war ich immer die Person, die nervös mit ihrem Bein zappelte, weil ich so einen Stress hatte, alles rechtzeitig zu erledigen. Diesen Hang zur Nervosität trage ich schon seit der Schulzeit mit mir herum. »Frydrych, steh auf, du machst mich seekrank«, sagte mein Lateinlehrer immer zu mir.

Jetzt geht das nicht mehr. Mein Körper wäre gar nicht mehr dazu fähig, weil ich in dieser Phase meines Lebens nur im Hier und Jetzt lebe. In letzter Zeit, seitdem ich wieder zu Hause wohne, passiert es mir öfter, dass mich Leute auf der Straße ansprechen, wenn ich mit meinem Stock oder Rollator unterwegs bin. Dann komme ich auf einmal mit fremden Menschen ins Reden, an denen ich früher einfach vorbeigelaufen wäre, weil ich zu beschäftigt war, von A nach B zu kommen. Aber ich lerne immer mehr, dass schöne Begegnungen auch eine gewisse Langsamkeit von uns verlangen. Nur wer innehalten kann, ist aufnahmefähig und aufmerksam. Und erst diese Aufmerksamkeit ist es, die es uns erlaubt, das Schöne zu sehen, das uns widerfährt.

Wie viel Zeit ich noch habe, darüber mache ich mir keine Gedanken. Ich bin dankbar für jeden Moment, den ich habe. Für die Liebe meiner Mutter, die keine Sekunde von mir gewichen ist, seit ich diagnostiziert wurde.

Für jede Begegnung mit jedem Menschen, auch für die mit Ihnen hier gerade.

Im Herbst fahre ich mit einem guten Freund, der sich in einer ähnlichen Situation befindet wie ich, nach Kärnten. Er ist 38, leidet unter einem Herzfehler und ist auch schon in Pension. Ich komme oft zu ihm oder er zu mir, dann plaudern wir ein bisschen und ich spreche ihm gut zu. Er hadert noch viel mit sich und kann nicht loslassen. Aber ich glaube, die Zeit mit mir lässt ihn ein bisschen vergessen und das ist schön. Es ist schön, anderen gutzutun, es ist schön, gebraucht zu werden und das wird man irgendwie immer, bis zum Schluss.

»Es geht. Egal wie, aber es geht«, sage ich immer. Und wenn es nicht mehr geht, dann kann man sich Hilfe holen. Der Mensch ist zu so viel fähig, aber er muss wollen. Das ist wahrscheinlich das Einzige, was wir wirklich müssen: Wollen.

Allein

»Ich tue mir heute nur ein bisschen schwer mit der Lunge«, sagt die Dame, setzt sich aber kerzengerade im Bett auf. Am liebsten redet sie über Literatur, das letzte Buch, das sie gelesen hat, ist die Auferstehung von Tolstoi. Sie mochte das Buch, fand es aber stellenweise langweilig, sagt sie. Weil er jeden Baum ganz genau beschreibt.

Aufgeschrieben von: Laura Fischer

Mein Mann setzte das fort, was meine Mutter begonnen hat: behüten und beschützen. Mein Vater starb, als ich sechs war. Ich habe keine Erinnerung an ihn, ich weiß nur noch, dass mich am Begräbnis jemand nahm und rausführte. Beide Großeltern waren schon tot, ich habe keine Geschwister und meine Eltern hatten auch keine, also hat meine Mutter mich liebevoll allein aufgezogen. Ich habe sie vergöttert. Meinen Mann lernte ich auf einer Hochzeit kennen, er hatte genau wie ich nur seine Mutter. So wie meine Mutter hat er sein Leben lang alles Unangenehme von mir ferngehalten, ich habe gelebt, wie in einem Glasturm. Als sich unsere Mütter kennenlernten, haben sie sich sofort verstanden, später fuhren wir oft zu viert in den Urlaub.

Im Leben hatte ich nur eine Freundin. Kennengelernt haben wir uns auf einer Kindergesellschaft, da muss ich neun Jahre alt gewesen sein, von da an waren wir beste Freundinnen. Wir hatten dieselben Interessen, die Oper, Konzerte und die Literatur. Ich habe die russische Literatur geliebt, Tolstoi oder Dostojewski, sie hat wiederum die amerikanische Literatur geschätzt. Sonst hatte ich nie viele Freunde. Ich war immer distanziert, auch im Büro. Nur nicht zu viel Nähe zulassen, nur nicht auf Ratschläge von anderen hören. Tue ich nie, habe ich nie getan und werde ich nie tun. Ich mache alles mit mir allein aus. Ich habe oft Ratschläge bekommen, aber da dachte ich mir: »Jaja, rede ruhig weiter, ich mache sowieso was ich will.« Von Kollegen zum Beispiel, auch privat, die Leute mischen sich ja in alles ein. Ich gebe auch nie jemandem einen Ratschlag. Ich sage immer: »Das geht mich nichts an, das interessiert mich nicht. Das ist deine Sache, und ich habe meine. Und was ich wiederum mache, geht dich nichts an.«

Als meine Mutter starb, war das furchtbar für mich, da ging es mir lange schlecht. Aber mein Mann war für mich da, für ihn galten meine Regeln nicht, wir waren ja Ehepartner. Es ist anders, wenn man zusammenlebt. Er war ein sportlicher, lebhafter Mensch. Wir haben viel diskutiert, oft tagelang, aber nie gestritten, das gab es bei uns nicht. Entscheidungen haben wir meistens gemeinsam getroffen.

Ich war im Gegenzug auch für ihn da, als seine Mutter starb. Für ihn war es noch mehr ein Schock, schließlich starb meine Schwiegermutter ganz plötzlich an einem Herzinfarkt, von einer Minute auf die andere. Genau wie mein Mann später. Wir waren am Sonntag daheim, ich habe das Mittagessen zubereitet. Auf einmal höre ich so einen komischen Seufzer, so von ganz unten, gehe ins Wohnzimmer, und er war schon tot.

Danach war ich ganz allein. Ich habe mich total zurückgezogen von jeder Art Gesellschaft und Freunden, ich wollte niemanden sehen, sondern die Sache mit mir selbst ausmachen. Allein ist das Beste und Schönste, was man machen kann. Jetzt habe ich niemanden mehr. Auf der ganzen Welt gibt es niemanden, bei dem ich sagen kann, er ist mit mir verwandt.

Die Firma

Eva war nie verheiratet und hat keine Kinder. Um die Kinder ihres Bruders hat sie sich nach seiner Scheidung jedoch wie eine Ersatzmutter gekümmert, erzählt sie. Liebe ist für sie viel mehr als nur romantische Liebe zwischen Partnern.

Aufgeschrieben von: Laura Fischer

Ich habe mit der Firma gelebt. 42 Jahre war ich dort, ziemlich von Anfang an und habe insgesamt drei Chefs erlebt, den Vater, den Sohn und den Enkelsohn. Mit allen hatte ich ein sehr gutes Verhältnis, wir waren eine große Familie. Sie wussten, sie können sich auf mich verlassen. Alle haben zusammengehalten, bei uns hieß es, jeder für jeden. Streit gab es schon auch, aber im Großen und Ganzen war die Linie: immer zusammenhalten, Probleme lösen und einander helfen.

Wir haben mit Rohstoffen gehandelt, Getreide, Futtermittel und Düngemittel und Lebensmittel importiert. Für die ganzen Konserven, Dosenfisch aus Portugal zum Beispiel, bekamen wir das alleinige Recht, sie einzukaufen. Wir hatten die wunderschönen Pfirsiche aus Kalifornien und Ananaskonserven, Reis aus Italien, Haselnüsse aus Griechenland, Rosinen, wir hatten alles. Nach dem Krieg hatte das Unternehmen klein angefangen, ich kam 1952 in die Firma. Zu meiner Zeit wuchs sie rasant, die Importe haben sich gut entwickelt. Wenn Sie aus Wien rausfahren nach Stockerau, sehen Sie dort große Silos. Das sind unsere. Nach der Ernte waren sie früher immer voll, das war die Reserve. Leider hat sich das geändert, wegen der Klimaumstellung. Jetzt sind sie nach der Ernte fast leer.

Mein Platz war in der Buchhaltung. Ich war auf einem Realgymnasium mit Latein, das hat mir persönlich sehr geholfen. Dort habe ich denken gelernt. Für Latein muss man erst einmal die Grammatik beherrschen, am Anfang ist das sehr viel, mit sechs Fällen und den Vokabeln. Den Accusativus cum infinitivo, oder den Dativ zum Beispiel. Aber wenn man es einmal kann, dann hilft einem das im Leben. Es geht um logisches Denken. Das habe ich bei der Bilanzbuchhaltung gebraucht, da musste ich genau einordnen, was wohin gehört und warum.

Der erste Chef hat dem zweiten und dem dritten immer gesagt: Es hat keinen Sinn, die Leute auszutauschen. Wenn man gute Leute bekommt, soll man sie aufbauen, ihnen Möglichkeiten bieten, und sie sollen ausdienen. Das hat jeder Chef so gemacht, dadurch haben eigentlich alle wesentlichen Leute die vierzig Jahre ausgedient. Bei der Jugend merkte man aber schon, sie sind anders als die alte Generation. Der Vater hat immer geschaut, dass die Firma floriert, und das Geld zusammengehalten. Der Sohn hatte dann teure Hobbys, mochte den Rennsport und hat schon mal mehr ausgegeben. Aber immer im Rahmen der Möglichkeiten, nicht so, dass die Firma draufgeht. Bei allen Unterschieden haben sie die Worte des alten Chefs beherzigt. Gute Leute haben sie immer behalten.

Ein Mitarbeiter bringt nur dann etwas, wenn er seine Arbeit gut macht, also ging ich immer zu Fortbildungen. Obwohl ich Englisch konnte, besuchte ich Sprachkurse, um das Geschäftsenglisch zu lernen. Die Steuer änderte sich auch immer, also war ich beim Steuerberater, um mich weiterzubilden. Bei den Besprechungen, zu denen mich die Chefs mitnahmen, lernte ich auch etwas, wenn es um Kredite oder Ähnliches ging. Es läuft am Ende ja alles in der Buchhaltung zusammen. Deshalb hatte ich auch immer mit allen in der Firma zu tun. Mit den Abteilungsleitern verstand ich mich am besten, sie kamen ja alle zu mir in die Buchhaltung und fragten: »Kannst Du das noch verbuchen, geht das noch, oder nicht, was sagt das Gesetz?« Das war eine Vertrauensfrage. Mit meinem Hausverstand habe ich die meisten Angelegenheiten aber schnell lösen können.

Der Hausverstand liegt bei uns in der Familie. Schon meine Oma wusste immer alles, bei uns hatte jeder was im Kopf. Meine Mutter war diplomierte Krankenschwester, sie hat ihren Beruf geliebt. Ich habe gelernt: Wenn Frauen tüchtig sind, wird aus ihnen was. Wobei ich nicht finde, dass jeder studieren muss. Ich zum Beispiel wollte Apothekerin werden, aber mein Vater ist in Stalingrad geblieben. Mein Bruder hat studiert, also musste ich ins Berufsleben einsteigen, um Geld zu verdienen. Ich war immer tüchtig, deshalb bin ich auch dagegen, dass man Frauen einfach so wo reinsetzt. Man kann nicht sagen, zehn Frauen müssen da jetzt rein, und aus. Obwohl ich selbst eine Frau bin. Man sollte jeder Frau die Möglichkeit geben, so, wie den Männern. Wenn sie tüchtig ist, erreicht sie was, aber wenn sie blöd ist, finde ich es eine Gemeinheit, wenn sie die Stelle bekommt, nur weil sie eine Frau ist. Bei uns in der Firma waren wir ungefähr 60 Angestellte, davon sicher 15 Frauen.

Meine beste Freundin habe ich bei uns in der Firma kennengelernt. Sie war zehn Jahre jünger und hat auch zehn Jahre nach mir bei uns angefangen, auch in der Buchhaltung, aber beim Lager, nicht in der Bilanz. Sie hat mich durch dick und dünn begleitet.

Wenn eine von uns nicht gut drauf war, hat die andere gleich geschaut, ob sie was machen kann. Mit ihr traf ich mich auch privat, obwohl in der Firma Diskretion immer wichtig war. Der Chef fragte zum Beispiel schon immer nach, aber nur oberflächlich, er blieb immer höflich. Das Geschäft war wesentlich, und aus. Das war uns auch angenehm so. Diese Freundin half mir aber in jeder Notlage. Als meine Mutter starb, war sie für mich da.

Wir beide verstanden uns von Anfang an gut. Wenn ich jemanden treffe, weiß ich immer sofort, ob ja oder nein, ich spüre es. Bei einem anderen Freund aus der Firma war es auch so, da wusste ich gleich, wir verstehen uns. Ihn liebe ich heute noch und er mich auch, aber aus Freundschaft. Firmenfreundschaft. Wir gehen oft zusammen wandern, nach Oberlaa zum Beispiel. Ich habe auch seine Gattin kennengelernt, und wenn wir zusammen wandern und danach in die Konditorei Oberlaa gegangen sind, hat er uns immer eingeladen, die Gattin und mich.

Solche rein platonischen Freundschaften gibt es, ich hatte viele davon. Seit der Schulzeit habe ich einen Freund, den habe ich im gemeinsamen Turnunterricht kennengelernt. Wir kennen uns schon ewig und sind bis heute befreundet. Als meine Mutter starb, unterstützte er mich auch, und als seine Frau starb, war ich für ihn da. Es ist eine wirklich wertvolle Freundschaft, wir interessieren uns beide für Musik und Literatur, er eher für Goethe, ich mag die leichteren Sachen, Adalbert Stifter zum Beispiel.

Es ist schwer, solche Sachen aufs Papier zu bringen, die sind hauptsächlich eine innere Angelegenheit. Man kann ja Gott sei Dank nicht alles auf Papier bringen. Wegen Ihrem Buch und den Liebesgeschichten? Ich habe nachgedacht, weil ich ja immer mitdenke. Es gibt einmal die Liebe zwischen Mann und Frau. Dann gibt es die Mutter- und Geschwisterliebe. Es gibt die Liebe im Beruf, wobei ich nicht weiß, ob Liebe das richtige Wort ist, und die Tierliebe. Ja, ich habe nachgedacht, und ich bin auf viele Arten von Liebe gekommen.

Danksagung

Wir bedanken uns nochmal von ganzem Herzen bei allen Interviewpartner*innen für ihre Offenheit und ihr Vertrauen! Des Weiteren wollen wir uns bei all jenen Pflegeeinrichtungen bedanken, die durch ihre Kooperation dieses Buch möglich gemacht haben:

Barmherzige Brüder Kritzendorf

Diakonie-Hospiz Berlin Lichtenberg

Franziskusheim und Elisabethheim - Heime der Franziskanerinnen Wien

Haus der Barmherzigkeit Stephansheim und Clementinum

St. Barbara Hospiz Linz

Maimonides-Zentrum Wien

Altenwohn- und Pflegeheim Gols, Diakonie im Burgenland

Mobiles Palliativteam im Landesklinikum Hainburg

NÖ Pflege- und Betreuungszentrum Pottendorf

Mobiles Palliativ- und Hospizteam des Fonds Soziales Wien

JOHANNES HUBER

Die Anatomie des Schicksals

Was uns lenkt

edition a

Johannes Huber
Die Anatomie des Schicksals
Was uns lenkt

Was ist Schicksal und wie entsteht es? Faszinierende Antworten auf diese Fragen liefern moderne Wissenschaften wie Entwicklungsbiologie, Epigenetik und Reproduktionsmedizin. Der renommierte Arzt Prof. DDr. Johannes Huber zeigt, welche Rolle dabei die dunkle Materie unserer DNA spielt, wie wir geprägt wurden, noch ehe wir gezeugt wurden, wie wir selbst bestimmen können, was bisher als gottgegeben galt, und was das alles mit Heilung zu tun hat.

256 Seiten, € 24
ISBN 978-3-99001-326-7